kill 5 er

〔殺手〕

無與倫比的自由

Mr. NeverDie，鄒哥，九十九，G領銜主演
九把刀Giddens：編導

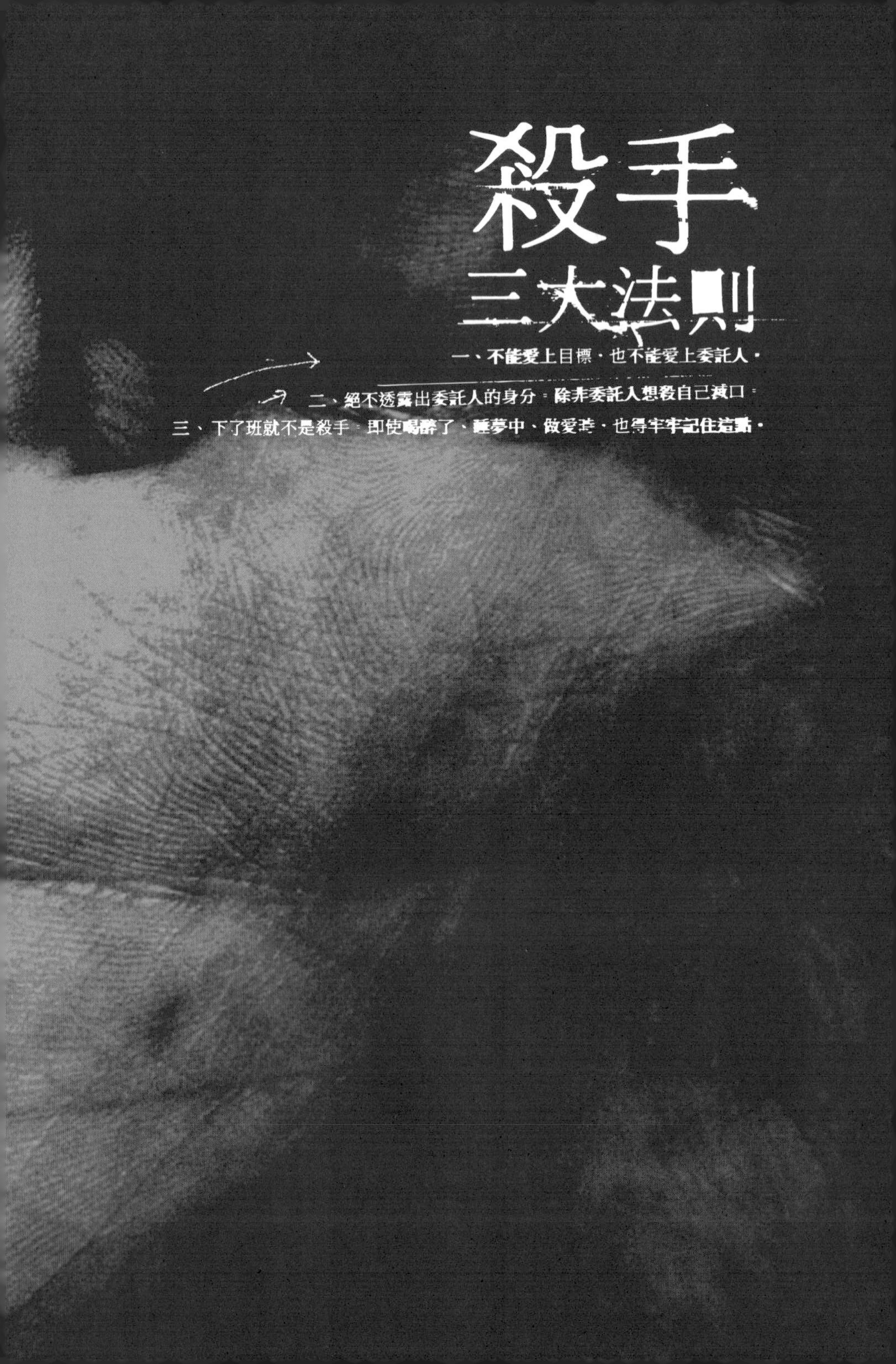
殺手
三大法則
一、不能愛上目標，也不能愛上委託人。
二、絕不透露出委託人的身分，除非委託人想殺自己滅口。
三、下了班就不是殺手，即使喝醉了、睡夢中、做愛時，也得牢牢記住這點。

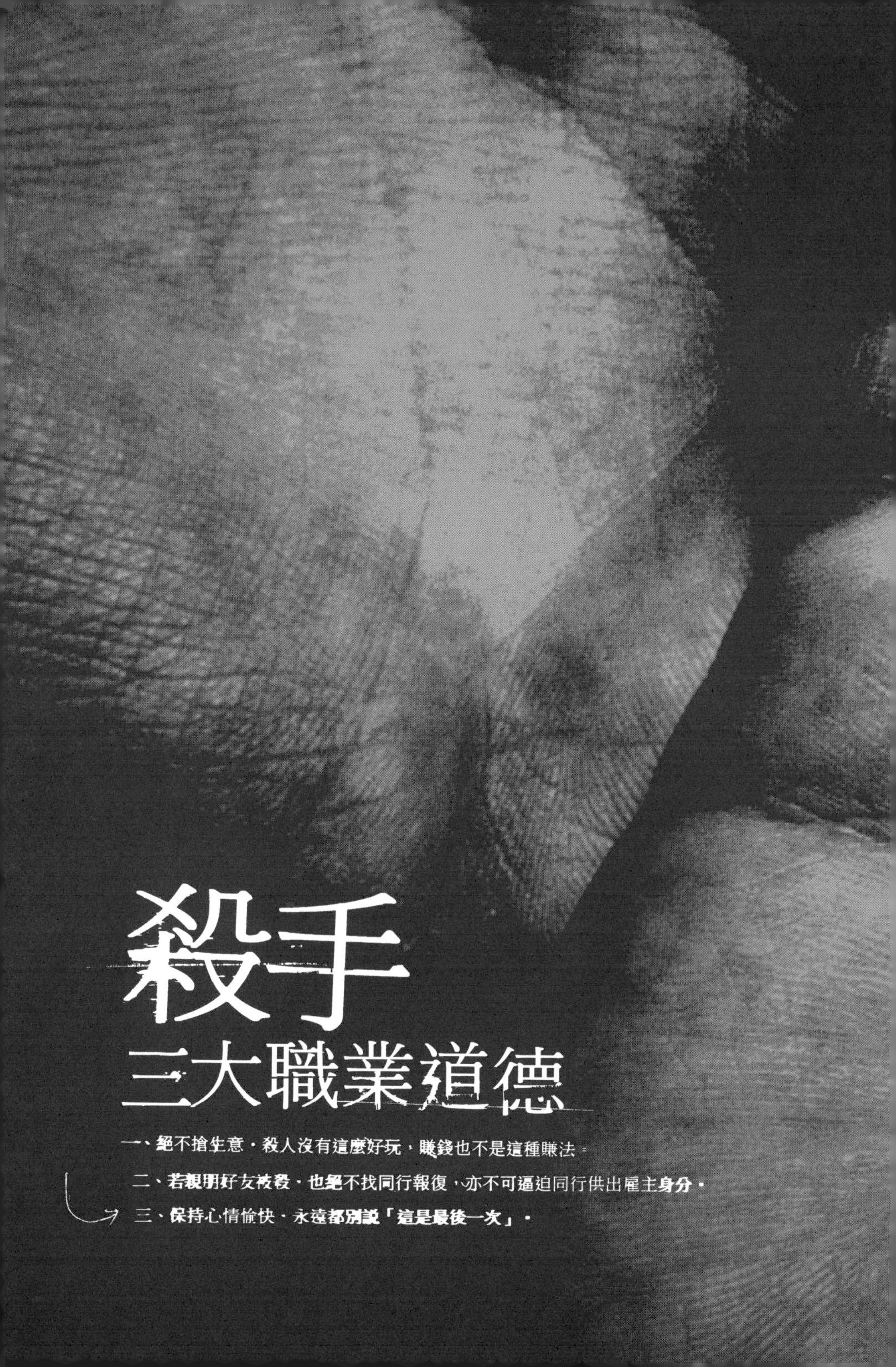

殺手

三大職業道德

一、絕不搶生意，殺人沒有這麼好玩，賺錢也不是這種賺法。

二、若親朋好友被殺，也絕不找同行報復，亦不可逼迫同行供出雇主身分。

三、保持心情愉快，永遠都別說「這是最後一次」。

1

風很強，還帶著點讓人顫簸的旋轉。

蒼葉看著三十七樓底下的風景。

從這種連貓都不敢接近的高度看下去，整個城市變得模糊又後現代地旋轉，許多原本死意堅決的人，都會因爲過度害怕而卻步，逆向產生人生再怎麼悲慘、也不想經歷這種恐怖自由落體的求生意志。

蒼葉打了個哆嗦，將衣領拉得更緊些。

他跟所有人一樣，都很怕死。

站在這個城市上空，已虛耗了一個小時又五分。

「不公平，這一點也不公平……」

蒼葉緩緩曲起膝蓋，將重心放低，免得眞的因爲一時頭暈而摔了下去。

他曾在早餐店桌上沾滿蕃茄醬跟醬油的報紙專欄裡，看過一個不知道數據何來的專家說法：在天台上考慮自殺超過九十分鐘的人，當天絕對不會自殺。拿著水果刀盯著自己手腕超過一百分鐘卻遲遲割不下去的人，當天絕對不會自殺。拿著一大罐安眠藥或農藥考慮超過一百一十五分鐘而沒有一鼓作氣吞下去的人，當天絕對不會自殺。

超過一個固定的時間限制而無法果斷做出毀滅自己的決定，當天，便不可能再考慮毀滅自己的選項。

這是上帝裝在人類身上，好令他的劣作遠離危險的自我保護機制？

還是，這是某個心理學家爲了嘲笑死意不堅的人所做出來的無聊研究？

距離絕對不可能自殺的時間限制，還有二十五分鐘得熬。

「這一點也沒有道理……爲什麼我要在這種鬼地方吹風？」

蒼葉將臉埋進了膝蓋中間。

自己從不貪心，也沒有過剩的物質慾望，這輩子從沒買過超過三千塊的東西，會欠下這種令他窮極一輩子都無法清償的巨債，完全就是太天真。

出於對從高中栽培自己到大學的國家教練的信任，他豪爽地在借據上落了保證人的名字，誰曉得那個叫「忠佳財務整合管理公司」如此冠冕堂皇的契約甲方，竟然是惡名昭彰的地下錢莊。

國家教練，在他簽字後的第二天，旋即消失得無影無蹤。

蒼葉一個堂堂的田徑國手，從此比賽獎金就不曾進了自己口袋。不管到哪裡比賽，都可以看見討債人坐在觀眾席上的身影。

回到家，迎接他的是滿牆怵目驚心的紅色油漆，一包裝在信封袋裡的子彈。

所有放在手機通訊錄裡的親戚朋友都被討債人轟炸過三輪，就連交往三年的女朋友也不斷被騷擾、動手動腳地要她下海幫男朋友還債。

最後當然只有分手。

「欠錢的明明不是我，你們什麼都知道！爲什麼還要這樣死纏著我！」

蒼葉這麼咆哮過。

「請各位大哥放過我一馬吧！如果你們活活把我打死，我怎麼還錢啊！」

蒼葉如此哀求過。

地下錢莊根本不會管你，欠條上有你的名字，無論如何就賴定了你。

白天的法律管不到黑夜的世界。

黑夜自有見不得人、卻運轉自如的秩序。

身家都被剝光光，稍微值錢的東西都被搶走當掉，肋骨被打斷了兩次，鼻青臉腫的裸照也拍了，甚至還冒奇險幫那夥人從泰國攜帶進毒品兩次，肛門痛得要命。

這麼聽話的結果？

欠債的數字竟然還用詭異的數學公式累進繁衍，多了一個零！

「報警」這麼徹底普通的選項也不是沒做過。

只是報了警也逮不到人，或者該說無人可逮。

那個幫蒼葉做筆錄的警察，十之八九連想過辦這個案子的念頭都沒有過，或者只是將筆錄裝模作樣記在一張根本不是報案三聯單的紙上。

「先生，能幫你的話我們都會幫，法律就是為了保障市井小民而存在的，不是嗎？只是法律歸法律，有些不文明的人也不管你這麼多，在他們眼中只有欠錢還錢這四個字。先生，我看這件事真的要解決，還得靠你自己的誠意。」

「……」蒼葉目瞪口呆。

承辦案件的警察從口袋裡掏出一張名片，上面寫著另一間財務管理公司的聯絡電話，說：

「這間公司是幾個退休警察自己投資搞的，比外面那些牛鬼蛇神開的店要正派多了，要不要打個電話過去問問看？」

蒼葉還知道蠢字怎麼寫，之前他只是過度信任恩人犯了大錯。

那張名片，蒼葉出了警察局就撕了。

走投無路。

什麼也做不了。

自己怎麼逃、怎麼躲，也避不過那些神通廣大的討債人。

除了死。

只剩下死亡，是蒼葉唯一可以替自己決定的事。

如果早晚都要被打死，卻惶惶終日不曉得哪一天會是自己被扔下海的忌日，還不如盡早自己替自己做決定，至少可以尊嚴點，省下那些明知道待會死定了、卻還是不爭氣地下跪磕頭求饒的爛戲碼。

風很強。

從這棟高樓跳下去，一定會死，死得一塌糊塗，迅速而確實。

直接跳過想多活幾分鐘也好的懦弱動機，蒼葉說服自己，爲了避免墜樓中間迴光返照的時間不夠，蒼葉擠出殘餘的力氣回憶了自己短暫的二十六歲人生。

第一次偷東西。第一次打架。第一次養狗。第一次考試作弊。第一次參加測試就贏了田徑校隊所有選手。第一次贏得全國大賽的一百公尺冠軍。第一次跳遠就打破區運紀錄，可惜無人見證。第一次改練十項全能就奪得大專盃冠軍。第一次參加歐洲盃十項全能大賽就獲得第四名，前途似錦。第一次牽手。第一次接吻。第一次做愛。第一次劈腿。第一次被劈腿。第一次帶女生回家過夜。第一次被提名宜蘭縣十大傑出青年。第一次動了求婚的念頭。第一次當保人……第一次當保人……第一次當保人……

「夠了。」

蒼葉下定決心僅僅回憶到這個部分就足夠。

接下來的人生全都是馬桶壁上沖也沖不走的污漬。

蒼葉看了一下廉價手機上的時間。

「在我跳下去之前，我得說個清楚……聽仔細了……」

蒼葉拿出插在口袋裡的、上頭印有某某立委候選人服務處的地址電話的藍色原子筆，在手心上用力刻著「我考慮了一百分鐘，還是打算跳下去。」像是對這個世界某個角落的某個無聊心理學家的微弱反駁。

然後將原子筆朝空中用力扔出，那拋物線一下子就消失在視線之下。

自己過幾秒也會乾淨俐落地消失在地球上吧。

站在危險的天台圍牆邊線上，張開雙手，蒼葉呼吸困難地閉上眼睛。

等待著來自遠方一股強風，順勢將自己的命運吹倒。

蒼葉不自禁地流下眼淚。

……其實就算往前踏出一步就會絕命，自己還是沒這個膽量。

結果還是要呆等一陣毫無干係的風幫他了斷。

風來了。

蒼葉的頭髮往後吹拂，他倒抽了一口涼氣，雙眼閉得更緊。

……不夠強。風不夠強。

風過去了，蒼葉還是佇立在圍牆邊線上。

「……」他誠實地鬆了一口氣，卻還是堅定地張開雙手。

過了十七次呼吸的間隙，風又來了。

這次風從後面捲撲，蒼葉感覺到自己的全身寒毛都往前豎了起來。

在微微前傾的體勢中，他明顯聽見自己的心跳聲。

噗通，怦怦！噗通，怦怦！

但。

「還是不夠強。」蒼葉的鼻頭滲出冷汗，在風過後顫抖地咬著牙。

半個鐘頭過去了。

風來來去去，左左右右，強又更強。

可這個國家田徑好手還是沒給吹下樓。

蒼葉完全忘了，或刻意忽略這樣的事實：自己受過嚴格鍛鍊的雙腳肌肉，透過畏懼死亡的潛意識，像鋼鐵一樣強硬地焊在危險的牆台上。

這種程度的高樓強風無論如何別想吹動蒼葉的雙腿。

正當蒼葉試圖感受下一股強風的時候，口袋出現震動聲。

蒼葉面無表情地伸手將手機撈了出來。

無來電顯示……一定又是那些吸血流氓打來的。

一改前幾天一拿起手機就斷然掛掉，這次卻想都沒想就按了接聽，蒼葉直覺接聽這通電話有助於增強他的死意。

「幹你娘你這不知死活的臭小子！終於想清楚要接電話啦？」是小陳。

「……」蒼葉乾嚥了一口口水。

「聽好了，不管你躲到哪，就算逃到大陸，公司還是會把你找出來！」

「嗯。」蒼葉想大罵，卻只能窩囊地吐出這個字。

「不過你也別想那麼多，走運了你這狗娘養的，今天打電話是想告訴你一個還錢的好辦法，上次你去泰國辦的護照還留著吧？還留著吧？」小陳的口水好像從手機那頭直接噴了過來。

「要……要做什麼？」蒼葉身體裡的語言系統，開啓了自動回應機制。

「公司要買你的護照，出行情價八萬塊。」

「買了，要做什麼？」

「你他媽問個屁啊！八萬塊抵得過這個禮拜的利息錢了，你還想什麼？」

「……」

「你別給我裝模作樣不出聲，給你這麼輕鬆的活路你看不見，找死啊！」

八萬塊啊……只能抵過這個禮拜的利息錢嗎？

一般人不都可以靠八萬塊活上大半年的嗎？

手機另頭持續傳來小陳帶著恐嚇意味、卻又裝作大方施捨的猥瑣聲音。

蒼葉很清楚，再多活一個禮拜，他的人生也不會出現轉機。

不過蒼葉還是在電話裡將小陳說的時間地點聽了個清楚，然後睜開眼睛。

當他整個人往後摔倒在天台上的時候，看著巨大的灰濛濛天空時……

「我，連死掉的資格都沒有嗎？」

蒼葉沒有哭。

只是用手指裝作手槍，朝自己的太陽穴開了虛偽又孬種的一槍。

2

今天天氣很好。

厚重的陽光暖暖地覆蓋這座平凡無奇的城市，好比特效藥，將沉澱在熙熙攘攘行人腳底下的憂鬱化學成分，悄悄地透過光合作用中和稀釋了不少。

就連三天前想要自殺的蒼葉，此刻在路邊攤吃炒麵的時候也感到心情愉快。

一邊津津有味咀嚼著麵條，一邊看著桌上的蘋果日報。

那些悲慘又邪惡的社會新聞被畫成刻板幼稚的「犯罪示意圖」，這真是太諷刺了不是嗎？明明遭到性侵的被害人已經夠慘了，在內文報導中被記者詳盡描述她們被性凌虐的過程，還要被畫成那麼狼狽的圖案，以供社會大眾進行集體視姦，情何以堪？

不過這些悲慘的陰暗故事，倒是給了蒼葉奇妙的安慰。

人類是一種很懂得用各種方式安慰自己的動物。

明明這個世界上過得比自己好的人滿街都是，卻總是喜歡說惜福，說比上不足比下有餘。

吃廉價食物的時候老是喜歡緬懷非洲那群素未謀面、以後也不可能謀面的、缺乏蛋白質、缺乏維他命、什麼都缺乏、就是不缺乏部落大屠殺的大肚子小孩。緬懷過後，嘴裡的食物其實也不會變得更好吃。

整天被追債討債逼債鄙視恐嚇威脅的蒼葉，透過報紙上那些徹底消費那些受害者的新聞，看見有些人無論如何過得比他還慘，比如被丈夫用酒瓶割花臉的越南籍老婆、遭人蛇集團丟到海裡的對岸雛妓、在畢旅時被朋友灌醉輪姦的國中生、被親生父親與祖父聯手性侵八年還懷孕……肚子裡的孩子到底是誰的完全是個謎。

見鬼的，蒼葉的靈魂深處彷彿得到了安慰。

每當蒼葉從別人的極端痛苦中得到這種安慰，他也會產生罪惡感。

特別當意識到自己並不是算個完全的好人時，蒼葉也會有一種自身報應似的安慰……也許自己從不貪心也從不亂花錢，但就因爲自己不是眞正純種的善良，今天被那些黑道雜種逼到這種絕境，也不算太無辜。

透過這種罪惡感逆向安慰了自己，當然是廉價得要命。

當最後一顆滷蛋放進嘴裡的時候，蒼葉感覺到身後多了兩個影子。

心虛地轉過頭，蒼葉看見兩個曾經打斷過自己肋骨的混混就站在後面。

跑！

蒼葉的屁股才一瞬間離開椅子，肩膀就被混混一把按下。

「逃什麼？」那混混冷笑。

「十項全能又怎樣？快得過子彈嗎？」另一個混混將手放在懷中，裝作裡頭藏著把槍。

剛剛要跑還是跑得掉的，那朝肩膀上的一按雖然粗魯卻不特別大力，掙脫一下就閃了，尤其蒼葉知道這兩個混混還沒有混到可以隨身帶槍的威風。

但他就是沒辦法抵抗。

根本上蒼葉失去了勇氣。

站在對面的麵攤老闆裝作什麼事也沒發生，低頭拿著杓子燙著早就燙爛的地瓜葉。多管閒事只會招惹麻煩，麵攤老闆只希望這三個人把事情拎到別的地方解決。

「公司擺明了找你，你躲得過公司這麼多眼線嗎？」壓住肩膀的混混大聲說。

蒼葉突然想到，自己其實不用急著逃跑的啊！

「等等，我這個禮拜的利息錢已經付了啊，要找我，應該還不到……」

至少，今天不必。

「你說你利息付了？付給誰了？」壓住他肩膀的混混狐疑地說。

「我付給了小陳啊，我把護照賣給公司了不是嗎？」蒼葉加大了音量。

蒼葉的表情雖然驚恐，但賣護照抵利息不像是臨時編出的謊話。

兩個混混對看了一眼，這件事可沒聽小陳說過啊。

「總之公司這幾天都在找你，你自己跟公司說！」

兩個混混語氣已沒那麼嚴峻，只是拍拍蒼葉的肩膀，裝熟地硬架著他離開。

蒼葉沒有選擇。

他沒有選擇很久很久了。

3

黑社會跟你我一樣，喜歡錢，勝過於喜歡打人。

打人僅僅是削錢的手段之一，能不打人就收到錢，誰都不喜歡動手動腳——你若相信以上這幾句話，豈只太天眞三個字能形容的蠢！

賺錢有很多種「正常的方式」。

不選正路，偏走歪路賺錢，顯然這個人在心理構造上就不同於常人。

幹黑社會的不但可以賺錢，還可以恣意妄爲地用最原始的暴力威嚇這社會上只走正路的人，後者才是主要的、能夠燃燒起那些流氓黑暗靈魂裡的熱血。不然老老實實去賣雞排，掙得應該還更多。

被帶到「公司」的蒼葉，徹底領教了什麼是無賴。

所謂的「公司」，不管是「財務整合管理公司」還是「討債公司」，都是黑道企業的末端收帳行業，靠著基本的收帳不但可以弄到錢，還兼具訓練小弟恐嚇普通社會人士的蠻橫氣勢，算是基礎的職業訓練吧。

這間公司的堂口老大來頭挺大，叫財哥。

財哥之所以能夠叫財哥可不是浪得虛名，連續兩年吃了不少更小的討債公司，現在他扛的這鋪子是冷面佛底下的三十幾間討債公司中業績排名前三的，如果再讓財哥的業績長紅下去，很快就可以獲得冷面佛的青睞，變成熱門副手人選。

正坐在電視機前，卻頭也不抬，財哥研究著農民曆上的日子，盤算著什麼時候把他在泰國買的四面佛佛像安進公司裡。當然也沒瞄過蒼葉一眼。

小陳蹺著二郎腿抽菸，漫不在乎蒼葉因過度憤怒而扭曲的臉。

「護照？是，我是要幫大哥成買護照，但你他媽的什麼時候給過我了？」小陳吐煙，眼神上飄：「這幾天你唯一做的事，就是掛老子電話。」

擺明了要賴。

「三天前我明明跟你約在頂溪站，把護照拿給你了！你當場給了我兩千塊說要給我吃飯，還說賣護照的八萬塊就當作這個禮拜的利息錢！」蒼葉激動大叫：「財哥！你要相信我！」

財哥充耳不聞，繼續研究他安神像的日子。

小陳朝蒼葉的臉上緩緩吐出一大口煙。

「這年頭想換個名字大大方方搭飛機逃出境的通緝犯多的是，誰不知道護照正本一本的行情價漲到了二十萬，你他媽的說你只賣了我八萬，說給鬼聽啊！」小陳白了蒼葉一眼。

誰不知道？

護照可以賣多少錢這種事，正常人誰會知道！

「二十萬……你跟我說八萬塊！你跟我說八萬塊！」蒼葉一陣頭暈。

「我小陳的信用誰不知道？如果這東西眞的值二十萬我就一定給足你二十萬，幹！八萬塊？天誅地滅啊！你他媽如果現在拿出護照來賣我，我不只給你二十萬，我他媽的再加你十萬！」

「我哪來的護照再賣你一次！你……」

不管蒼葉跟小陳之間吵得多大聲，別說財哥，這間公司其他混混連正眼都不瞧蒼葉一眼，他們也不插嘴，一邊看電視新聞，一邊意興闌珊地嗑著瓜子。

半個小時過去，蒼葉的腦子已經徹底混亂了。

就算是白痴，在這兩人旁邊聽上五分鐘也該知道說謊的是誰。這群無賴要不就是徹底白痴地信了小陳的話，就是根本覺得小陳就算是侵吞了賣護照的錢也不打緊，反正垃圾一定挺垃圾——而蒼葉兀自激動地大聲反駁，不過是自取其辱的表演。

「財哥！你相信我還是相信他！」蒼葉的眼睛充滿血絲。

財哥皺眉，心想怎麼最近都沒什麼好日子啊……

蒼葉有了覺悟。

「好！財哥連你也給我聽好了！要含血噴人誰不會！我說我早就還你們六百萬！你們誰買單啊！」蒼葉失控大吼：「從今天開始就算我把債都還清了！誰敢再來討債我就——」

這絕對是他這半年來做過最有個性的事了。

……可惜，每件事都有它的代價。

不知道是誰拿了一根大鐵條，一把用力揮下，將蒼葉的大腿整個給打腫。

然後是一陣完全沒有對白的拳打腳踢。

小陳看向財哥。

財哥緩緩抬頭，交換了一個眼神。

「他媽的不識相，欠錢還編故事，看到你這狗樣子我就滿肚子大便。」小陳捻熄了菸，逕自往廁所走去。

五分鐘後，沒聽見沖水聲，小陳就一邊扣好皮帶一邊從廁所走出來。

在這五分鐘裡蒼葉有一搭沒一搭地都在挨揍，身上都是腳印。饒他是正值巔峰的前田徑國手，骨架精實，也不可能捱得住這種亂打。

回到沙發上，小陳繼續呑雲吐霧，看著痛到說不出話來的蒼葉被拖去廁所。

昏昏沉沉的蒼葉很快就醒了。

連流氓都稱不上的混混們將蒼葉的臉壓進馬桶裡，浸在小陳臭氣沖天的大便水裡，一壓一上，一壓一上，一壓一上，嗆得蒼葉鼻腔、口腔裡都是帶著黑褐色顆粒的糞水。

「嗚……嗚……嘔嘔……噗嘔……不……」

蒼葉的胃甚至來不及覺得噁心，氣管完全暴烈掙扎起來。

那些施暴的混混心知肚明他們正在虐待的這個人是無辜的……至少今天是無辜的，但虐待人這種事一旦上手了，就停不下來，尤其一群人集體做這種醜事，先手軟的那個人以後在大家眼中肯定沒什麼分量。

廁所外，上演著更冷酷的對話。

「倒楣這種事……眞可怕啊。」拿著微微彎曲鐵條的混混，笑嘻嘻看著小陳。

「是啊，人眞的不能倒楣。」小陳瞇著眼，笑說：「一倒楣啊，就沒完沒了。只是他的血型生得不好，他的霉運還沒走完咧。」

這間公司一旦確認了組織跟債務人之間的永久欺壓關係後，便會帶債務人到醫院做一份價值上萬塊錢的全身精密檢查，那可不是關心債務人身體健康用的。

而是惡魔的投資。

眼睛閉上，財哥終於動了動脖子，扭了扭，發出老態龍鍾的髂髂聲。

此時全身狼狽的蒼葉被拖了出來，像抹布一樣被扔在地板上。

整張臉都是碎大便，狂躁地氣喘，不斷不斷地對著空氣乾嘔。

……這恐怕還不是欠債人曾在這間公司出現過最沒尊嚴的畫面。

「如果你吐了，就把你吐出來的東西全都吃下去。」小陳警告。

七、八個混混面無表情地站在蒼葉身旁，準備一接到暗示就繼續亂踢下去。

財哥看了小陳一眼。

小陳朗聲說：「給他熱毛巾。」

於是蒼葉得到了一條他媽的熱毛巾。

蓋住五官，慢慢擦臉的同時，蒼葉也用力將不小心流出的眼淚揩抹乾。他絕對不讓這些人有機會看到他的眼淚。絕對。不要。

他也暗暗發誓，一旦走出這裡，第一件事就是毫不猶豫地朝十字路口的車陣衝進去，就算帶給生平第一次開車撞死人的某位陌生人麻煩也在所不惜。

財哥放下農民曆，看著蒼葉。

他終於開口了。

「你不覺得，一個人有兩個腎，就是告訴你人要大方一點的意思嗎？」

財哥將農民曆慢慢捲成筒狀。

蒼葉茫然地看著財哥，一時之間竟不明白。

「還有肝。肝那麼大，不覺得太累贅了嗎？」財哥的語氣很平淡。

這下子，蒼葉全聽懂了。

這群仲介器官黑市買賣的吸血鬼，將來一定會下地獄的……

財哥說完了，繼續他的農民曆研究。

小陳接著說：「聽好了臭小子，你身上這兩樣東西，剛剛好可以抵扣你債務的三分之一，不過，我多算一點給你，就當一半吧。醫院那邊我們都打點好了，從現在開始你只要負責吃飽睡好，健健康康地去開個刀。動完手術後你的人生就輕鬆一半啦！」

蒼葉抓著熱毛巾的手不自覺地抓緊。

好啊。

你們這些人渣都已經全想好了吧。

那就先假裝應承下來，然後在離開公司之後，想也不想就衝向馬路讓車撞死吧。寧願身上的器官被砂石車撞爛，也不要幫這群人渣換成新台幣。

「……好。」蒼葉的聲音發抖，頭不敢抬起。

可惜，蒼葉想得美。

「這就對了嘛，這個世界上哪來這麼便宜的事是不是？」小陳用鞋子底拍拍蒼葉的肩膀，說：「喏，把他關在廁所旁邊的那間房，給他一個塑膠桶裝屎裝尿。」

蒼葉大吃一驚。

「什麼……爲什麼要？」蒼葉駭然，全身冰冷。

小陳又點了根菸，說：「你別想太多啦，我小陳做人誰不知道？我當然不是怕你出去後就跑不見人，而是怕你出去後沒錢吃飯、沒棉被好蓋，而且你現在全身都是傷，萬一走路又跌倒了、跌壞了腎跟肝怎麼辦？所以這幾天你就住在這裡吧，等客戶付了錢準備動手術，就直接送你進醫院。來！」

渾身是傷的蒼葉，目瞪口呆地看著那些混混將自己撈起來。

黑社會絕對不只是想賺錢的一個選擇。

有些人，就是特別喜歡看其他的人因爲自己的存在而痛苦。

在這些人渣下地獄之前，得有很多人先被他們推進地獄……

4

連續四天，蒼葉都待在廁所旁邊的打掃工具間裡。

大小便都拉在同一個塑膠桶裡，沒有地方倒，只好二十四小時擱在腳邊。沒有枕頭，頭只好靠在拖把的軟髒毛上睡覺。不停不停地睡覺逃避現實。

沒有窗戶，手機被拿走，蒼葉完全不曉得白天黑夜，只有不定時有人打開門丟給他便當吃的時候，他才勉強知道這個世界還在運作。

但又怎樣？

這個世界一點也不關心他。

「如果時光可以倒流……」蒼葉坐在塑膠桶上大便，茫然地收縮著肛門。

如果時光可以倒流，那一天眞應該大著膽子跳下樓的。

那些關於人一旦自殺死亡後、當初求的解脫根本不存在、靈魂反而會夜夜重複自殺的傳聞，說不定全是假的。那些恐嚇生者的靈異傳聞，全都是討債集團爲了逼迫欠債者努力還錢所編造出來的謊言吧！

一定是這樣。

當然了，假使時光眞的可以倒流，應該再倒退回更早更早的時間點。

當初要是沒有幫教練在借款契約上落字，今天的自己肯定還馳騁在田徑比賽裡，不敢說自己可以打破一項又一項的紀錄，但肯定也是個風雲人物吧。

備受期待的明日之星，在少了腎跟肝之後，要回到田徑場上，想都別想。

今天是腎跟肝，明天要是有個富翁心臟壞掉怎麼辦？要是醫院比對，自己的心臟血型跟大小都合適，自己還能繼續活下去的機率絕對是零。

不。不不不不……說不定，說不定這一次要被摘掉的其實就是心臟？只是公司爲了誘騙自己至少採取最低程度的合作，才唬爛他是要他的腎跟肝？如果是這樣，自己不久後就會死在手術台上！

想死是決定好了的事，但絕對不想被如此佔盡便宜地死去啊！

蒼葉想過逃跑。

原本若自己施展不顧一切的全力，逃跑絕對有機會。

但現在大腿上的傷比他想像中還要嚴重，不僅肌肉發腫，好像還打傷了骨頭，這種不上不下的狀態萬一逃跑不成，免不了又是一陣逼吃大便的暴力伺候。

「爲什麼……我一點辦法都沒有……爲什麼！」蒼葉無法克制地大吼。

幾秒後，蒼葉聽見鐵條重重敲在門板上的聲音。

拿著鐵條的混混沒有說話，但蒼葉倒是知趣地閉嘴了。

身體徹底被剝奪自由，時間一長，精神也慢慢自我剝落。

人類的精神構造遠遠比有形的器官組織還複雜。只要在底層性格裡徹底拿掉一個元素，其他性格就會缺乏連結，整個崩塌，人就不再是以前的那個自己。

這些混混最擅長拿走別人的性格元素之一，就是尊嚴。

沒了尊嚴，整個人就萎縮乾枯了。

蒼葉完全忘記了自己曾是叱吒風雲的十項全能選手。

那些閃亮的紀錄無法兌換成現鈔，現在，他只是一條任人踐踏的蟲。

5

就這樣。

當工具間於第五天被打開的時候，蒼葉只是面無表情地抬起頭。

他知道，他明瞭，他清楚。

時候到了。

小陳嫌惡地捏著鼻子，扔了一件乾淨的衣服跟一條乾淨的短褲給他。

「去隔壁廁所洗個澡，洗乾淨點啊。」一個混混大聲嚷著。

蒼葉無意識地站了起來，無意識地走進隔壁的廁所，用橘色橡皮水管接著水龍頭，將冷水打在身上。

沒有肥皂沐浴乳洗髮精，只有半罐洗手液，他便擠了些塗塗抹抹。

過程中他慢慢考慮，今天是不是要讓僵硬的腦子打開運作，還是繼續無意識地讓該發生的就發生在自己身上……如果這樣比較不痛苦的話。

套上乾淨的衣褲走出來，蒼葉的心情竟出奇的平靜。

「喂。」小混混拿著手銬在他眼前一晃。

蒼葉自動將雙手伸出去被銬住，連屈辱感都忘了。

公司大廳裡，財哥站在甫安好的四面佛神像前仔細拿布擦拭，沒看蒼葉一眼。

辦公桌上的電腦傳輸著股市交易的即時資訊，無人理會。

一台電視顯示門口監視器拍攝到的狀況。

另一台電視開著，幾個混混坐在沙發上拿著遙控器隨意亂轉，新聞台、電影台、購物台、娛樂綜藝台，沒一個頻道看超過十秒，沒人說想看也沒人抱怨。

小陳神清氣爽地走了過來，說：「精神好嗎？」

蒼葉默然不語。

「看起來這幾天睡得不錯啊。」小陳鼓勵似地拍拍他的肩膀，像多年不見的好朋友一樣說話：「我說蒼葉啊，雖然醫院都打點好了，但終究是別人的地方，看到醫生，該有的禮貌要記得啊。」

「……嗯。」蒼葉僵硬地點點頭。

小陳勉勵地繼續拍著他的肩膀，說：「如果你好好合作，手術完了你照樣健健康康找工作還錢，我們也巴不得你長命百歲是不是？說不定將來你賺了大錢，還可以回過頭來拜託我們幫你找個腎接回去是不是？大家合作是長遠的事。」

話鋒一轉，小陳板著臉說：「可萬一你不合作，敢在醫院搞鬼，手術的時候公司就會叫醫生把你的眼角膜順便拔下來賣掉，他媽的反正你白目不需要了嘛！」

「……嗯。」蒼葉的背脊發涼。

這可不是開玩笑的。

硬拔眼角膜……虧這些吸血鬼想得出來。

此時小陳的手機叮咚了一聲，他拿起一看簡訊，點點頭。

「客戶已經進房了。」小陳笑笑，說：「走吧！工作還債啦！」

小陳才剛剛把手機按掉，就聽見有人按門鈴。

監視器顯示，是一個梳著油頭的中年男子。

一個看起來最年輕的混混自動從沙發上站起來，走到門口。

「誰啊？」那混混對著門大聲喝道。

監視器的畫面中，站在門口的油頭男子沒有說話，只是繼續按著門鈴。

……應該是看報紙廣告來借錢周轉的人吧，怎麼老是有那種不看社會新聞的笨蛋呢？年輕的混混心底嘲笑著，伸手將門打開的時候還堆出溫暖的笑容。

門一打開的瞬間，小陳隨意地轉頭往後一看。

只見那油頭中年男子左手從懷裡拿出一把刀，手腕閃電倒轉，將刀子從小混混的咽喉往上猛插，刀子沒入下巴。

同一時間，油頭男子的右手不知怎麼多了一把黑色手槍。

「？」小陳愣住。

看電視的小混混們同一時間朝門口看去。

砰！

蒼葉的臉濺滿了熱騰騰的紅色液體。

小陳的後腦勺爆開了一個大洞，骨屑、腦漿與血水唏哩嘩啦地在空氣中塗開。

這……

透過血淋淋的這個大洞，蒼葉看見油頭男子正推開捧著脖子摔倒的小混混，用絕對沒得商量的表情——朝這邊扣下第二次扳機。

蒼葉沒有呼吸，也來不及閉上眼睛。

甚至連害怕也來不及。

衝出槍口的子彈就這麼追擊至蒼葉面前，擦出十幾道金黃燦爛的金屬碎光。

！

沒死？

蒼葉只是感覺到一股灼熱的火焰掠過眼前，將睫毛吹斷了幾根。

原來他剛剛本能舉起雙手的時候，竟陰錯陽差令子彈將手銬的鏈鎖擊斷，子彈經過微不足道的金屬抵抗、再彈擦而出時，已衝出另一種可能。

——子彈，有了全新的軌跡。

不知道是不是幻覺、還是迴光返照時激發出人類動態視覺的超潛力，就在那顆子彈吹斷蒼葉睫毛的瞬間，他好像看見了子彈高速旋轉的連續行進畫面。

子彈因慣性作用的旋轉有了變異。

軌道急速偏離，令子彈四周空氣阻力不均衡，旋轉前行的軌跡有些顛晃。

彈頭周遭的氣流逆時針擾盪，吹暈開來。

斷裂手銬上擦出的金屬碎光飛濺，每一滴光都拚命燃燒，在消逝前盡情放大。

蒼葉的瞳孔在子彈最接近的距離時，甚至逼視了獨特的膛線刮痕。

無比清晰、定格播放、魄力十足！

蒼葉的眼睛就這麼呆呆追著子彈，直到它炸在身後的仿古董花瓶上……

匡啷！

花瓶爽快地爆裂。

「！」蒼葉看著牆上冒煙的黑色彈孔。

「？」油頭男子的右手食指還壓著扳機。

面對這罕見的近距離失誤，油頭男子只用了半秒發怔，即決定不再花任何時間去思考爲什麼剛剛上一槍沒命中對方的咽喉、而是射斷了對方手銬這一回事。

他微微傾斜手臂跟手槍之間的角度，朝一臉呆樣的財哥扣下扳機。

砰。

發燙的、還冒著白煙的彈殼鏗鏗墜地。

大難臨頭的財哥手中還拿著擦拭神像的白布，只做了一個嚇呆了的表情，便死命抓著喉嚨往後摔倒，躺在地板上，兩腿瘋狂抽動。

油頭男子從進門後一共殺了一刀又開了三槍，怎麼說也足夠其他人反應了。

沒有對白。

沒有叫囂。

剛剛還坐在沙發上的四個小混混迅速壓低身子，藉著沙發的掩護抄起藏在地板裡的改造手槍——這些槍雖然都是玩具手槍改造的假貨，粗製濫造，但此時卻是他們活下來的一線生機。

突變陡起前大廳電視正好轉到有線新聞台，插播一起不幸的重大事件。

「現在為您播報一起不幸的消息，就在剛剛中午十二點整，我們接獲……」

主播用甜美的聲音唸著熱騰騰的事故新聞稿，充當了這場生死屠殺的背景。

原地不動，油頭男子只是對著沙發開槍。

砰！

砰！

砰！

子彈穿過沙發內部的木質構造、再不規則地穿出黑色牛皮，燒出巨大的彈孔。

大受驚嚇的小混混不甘示弱地躲在沙發後試圖反擊，卻不敢將頭探出瞧清楚目標，只是將槍口伸出就一陣亂七八糟地猛扣扳機。這是他們微薄的幸運……以他們半吊子的爛槍法，要是他們站起來跟油頭男子對著幹，一下子就會全滅。

油頭男子面對沒有章法的危險亂槍，毫不猶豫後退到兩步之遠的門外。

「幹！你是誰派來的！知不知道我們後面是誰在罩！」

「我們四個你一個！幹給你死！再開槍就一定給你死！」

「幹你娘咧……幹幹幹幹幹！幹幹幹幹幹！」

「財哥都被你掛了還想怎樣！還不快走！找死！」

四個混混裡有兩個已經尿褲子了，還是扯破喉嚨大罵，給自己人壯膽。子彈像不要錢似的一直射、射光了就輪流手忙腳亂裝子彈。

躲在門外的油頭男子冷靜地持續朝沙發開槍，逼迫那些小混混現身對決。

蒼葉就站在專業槍手與黑道小混混中間，動彈不得。

兩邊子彈呼來嘯去，深陷在熾熱的槍林彈雨中的蒼葉每一秒都可能會死。

「……」蒼葉暫時失卻了語言能力。

眞是被強制經歷的、奇妙的瀕死體驗啊。

熱辣的鮮血在蒼葉臉上如蠟融下。

他任由鹹鹹的熱流沿著大腿、貼著小腿、不疾不徐地浸濕穿著拖鞋的腳掌。

咕嚕。

咕嚕。

他聽見腎上腺素在體內大量分泌、快速流竄的幻聲。

電視新聞的主播聲音變成誇張的、彎曲難解的哞哞聲。

「今天上午十點十五分從台北飛往曼谷的東航KH202班機，在行經太平洋上空的途中發生了不明意外，從三萬英尺高空墜落在太平洋公海上，據了解……」

同一時刻，那些不長眼的子彈在四周空間快速交叉前進。

時間被緊張感急速壓縮，子彈在空氣中衝鋒破浪的聲線徹底蓋過了火藥聲。

嗉——

嗉——

嗉——

子彈很快，但還沒快到逃脫蒼葉視覺之外。

金屬光芒越來越清晰，空氣波紋越來越像水波紋，子彈上的刮痕……

他深刻感覺到，捕捉子彈行進過程並非單純的視覺體驗，而是一種靈魂經驗。

或許部分是幻覺。

或許全部都是幻覺更接近令所有人都能滿意的理解。

或許在某個夢裡曾經看過類似的畫面，殘存扭曲的記憶瞬間接枝在現實裡。

都不重要。

站在彼此殺戮的兩邊子彈中，蒼葉緩緩張開雙手，宛若承蒙上天寵愛的信徒。

電視上的新聞主播：「機上滿載的四百五十七名乘客生死未卜，航空公司已緊急聯繫各國相關單位前往墜機現場協助調查，至於台灣旅客的名單方面……」

那些子彈從他的指縫中穿過。

從他的耳上頭髮削過。

從他的大腿胯下穿過，將褲子的纖維燒出一個大洞。

差半公分就刺穿頸動脈的近距離飛過。

每一顆子彈都極度威脅蒼葉的生命，卻更像在飛行的短暫旅途中打個招呼。

究竟過了多久，精準的時間已喪失意義。

傳說中的迴光返照眞不是蓋的……蒼葉的心臟連跳一下都沒有。

情勢終於有了改變。

蒼葉聽見背後傳來淒厲的慘叫。

幻覺無限誇張地擴大。

他聽清楚了子彈搗碎好幾顆內臟的沉悶聲響。

也聽清楚了子彈插進頭蓋骨縫隙，直接鑽壞腦袋的啾唧聲。

油頭男子冷靜的壓迫性攻擊，在靈魂時間外的眞實世界裡，快速獲勝。

沙發被轟了好幾個大洞，四個小混混在倉皇抵抗的過程中逐一被打趴在地。

最幸運的一個腦袋直接中彈，快速墜入地獄。

一個混混垂著脖子，看著身上幾個血窟窿，陷入支離破碎的迷惘。

一個混混坐在一屁股的血漬上，仰頭看著如旋轉木馬般的天花板咯咯發笑。

最不幸的那個拚命喘氣，全身冷汗地抽搐，顫抖的手按住鮮血直流的腹部。

槍聲靜止，電視畫面依舊。

新聞主播的語氣越來越平靜：「事故發生的原因還有待調查，根據東航公司公佈的飛航通訊紀錄初步顯示沒有異常，一切詳細調查須得找到記錄所有飛航資訊的黑盒子才能進一步……」

懂槍的殺手有很多種。

真正好手的定義，絕不是將敵人一槍斃命，而是在槍戰中絕對的冷靜，與果斷的壓制力——就算不是直接開槍射中對方又怎樣？這個油頭男子可沒有那種病態的「高手心態」，在危險的子彈陣型中全身而退才是真的。

他是用槍的殺手。

不是用槍的高手。

開幾槍都沒關係，重要的是任務完成。

油頭男子緩緩從門後走出，像看著外星生物一樣打量著蒼葉。

這個幸運地「閃過」所有不長眼流彈的外星生物，正在尿褲子……油頭男子的表情，就是如此難以置信。手中還冒煙的槍隨意抬起，對著蒼葉。

剛剛開了十四槍，彈匣裡還有一發子彈。

「我……」蒼葉用盡全身所有的力氣，終於吐出這一個字。

也許在這一瞬間，他眞心想大聲謝謝這個單槍匹馬殺進討債公司把所有惡棍都殺光的英雄。不管這個冷酷的殺手是爲了什麼原因出現在這裡，畢竟自己能夠保住腎跟肝，全都是因爲眼前的男人挑了個好時間闖進來啊！

但，油頭男子沒等蒼葉把話說完。

比起蒼葉錯把油頭男子當成救命恩人的感動，油頭男子只是淡淡地扣下扳機。

喀。

蒼葉的瞳孔再度縮小。

在那致命的生死一瞬，蒼葉聽見心臟終於恢復跳動的巨響。

噗——通！

油頭男子狐疑地看著滿臉鮮血的蒼葉，又扣了一次扳機。

喀。

這時油頭男子心中的困惑瞬間暴漲。

這把老式P85手槍跟了自己一年半，沒想過是什麼寶貝，但連續扣了兩次扳機都莫名其妙卡住，這種事該怎麼解釋？

困惑是殺手最多餘的情緒了，要解決這種鳥屎大的疑慮，最快的方法……

油頭男子罕見地將手槍扔在沙發上。

取而代之的，油頭男子彎腰，伸手拔下刺在開門混混下巴上的短刀。

刀一拔，鮮血像噴泉一樣從早一步斷氣了的混混喉嚨上，狂噴上湧。

油頭男子這個直截了當的動作，終於喚起了蒼葉本能中的本能。

蒼葉微微後退了一步、兩步、三步，直到腳後跟輕輕碰上了牆壁爲止。

「……你誤會了！」蒼葉嘴裡咕噥，腎上腺卻徹底支配了他的身體。

「也許吧。」油頭男子終於說了話，短刀反手緊握，像猛獸的牙齒。

油頭男子不是用刀的好手。

不過，對於偶爾用刀切開人類的咽喉這一點，他不介意。

沒有電影裡華麗的跳躍，油頭男子只一個箭步就將蒼葉籠罩在刀子的殺戮範圍內，刀子並沒有多餘的高舉，而是順著手臂的勁甩快速絕倫地平行劃出。

蒼葉仗著驚人的恐懼感，他看見刀子逼近自己的軌跡。

矛盾的是，這把刀子的速度竟比剛剛子彈飛行的速度還要快上好幾倍！

看見了，卻避不掉——完全無法避掉！

刀子割破了蒼葉的胸口，斬出一道辣呼呼的切口。

蒼葉的視覺領域，不，應該說是靈魂領域，從四面八方、全三度空間一百多個鏡頭，看見剛那一刀的每一個角度。

蒼葉自己，與油頭男子身體的移動方向，姿勢互動關係，全都籠罩在這一百多個隱形鏡頭裡，快速進行後製剪接。

眞不愧是體育選手精密鍛鍊過的身體。

蒼葉以非常狼狽的動作，傾斜，滑倒，往左邊異常快速地閃過了刀子。

油頭男子隱隱心驚，他這百無一失的快刀竟然只割傷了對方。

同一時間，蒼葉的左腳足脛骨狠狠踢中了油頭男子的腰。

！

油頭男子砰地撞上牆壁，與硬水泥相撞出車禍等級的悶聲。

蒼葉這一腳充滿了求生意志，是腎上腺催化的絕佳作品。

一百多顆隱形鏡頭瞬間消失。

三度空間的靈魂視角回歸到正常的雙眼所見。

「……」油頭男子面無表情，穩定呼吸。

他的肋骨斷了，手裡卻牢牢握住刀子。

剛剛那一踢，可是前十項全能的體育國手此生最厲害的一搏，代價很大。

沒能一刀殺死眼前的「目標之一」，令目標起了非常巨大的變化。

恐懼感持續擴大，卻也相對地激發出蒼葉「一定要活下去的信心」。

蒼葉很冷靜地看著油頭男子，那個要奪取自己性命的陌生人。

過去幾天囚禁在這裡所吃過的每一個便當，都在蒼葉的肌肉裡儲存了微薄的能量。每一吋肌肉，乃至每一個細胞都準備就緒，全神貫注地等待爆發的時機。

空氣凝結。

「可以告訴我……爲……」蒼葉突然開口，打破了極短暫的僵局。

沒打算放過人類在進行語言時自然而然的放鬆，油頭男子的刀又衝了過來。

那一瞬間，一百多顆鏡頭轟然綻放開來。

蒼葉又從四面八方仰角側角俯角看見了關於這個生死對決的所有畫面。

畫面的切片無比零碎，卻又在靈魂深處中瞬間拼湊完整，成爲一個世界。

空氣被切開。

蒼葉不知道哪來的膽氣，舉起雙手就往刀子上砸去。

環扣住蒼葉的手銬硬生生擋下了刀子，刀刃只在手腕上留下極淺的切痕。

然後是一連串不可思議的「刀子／手銬」攻防戰。

金屬交擊的亮光如屑，綿綿密密，鏗鏗鏘鏘，偶爾鮮血噴在彼此的臉上。

的確蒼葉的身體中了好幾刀，卻都是無關緊要的淺傷害，用手銬抵擋快刀做到這樣的程度，顯示防守的精密度遠遠勝過於攻擊。

油頭男子認定自己遇上了箇中好手。

一眨眼，蒼葉的防守逐漸變少，他擅長十項全能的身體在辦公室大廳內快速奔逃。跳上沙發，跳上桌子，跳向牆壁借力跨躍，往後，低身，摔四面佛擋刀。

藉著一百多顆隱形的運動鏡頭，蒼葉將發生的一切看得清清楚楚，此時他還不明白發生在自己身上的異變是怎麼回事，身體與潛意識卻先一步運作了這個異變的本質，掌握了整個對決。

蒼葉的身子不斷被刀子逼近劃過，刀刀危險，卻毫不意外盡數落空。

尋常殺手所做無功到了極限，不耐煩的情緒會扭曲攻擊的節奏，提前落敗。

但油頭男子依舊冷靜地做他該做的事，殺出的每一刀都又快又講究。

「哼。」

只是油頭男子的胸腹部劇烈作痛，不斷用力揮刀的結果就是動作慢慢僵硬。

百分之一的鏡頭捕捉到男子揮刀動作的瑕疵。

鎖定。

「呼！」蒼葉又是火力全開的一腳。

命中！

這一腳踢中剛剛踢中的同一個位置，力量與角度都無可挑剔——

油頭男子的姿勢維持不變，身體卻狠狠撞上了沙發，翻跌在混混的屍體上。

這一摔，斷裂的肋骨刺穿了油頭男子的肺部，大量內出血湧進了肺臟。

還沒結束。

同一時間蒼葉跳上半空，一百多顆鏡頭瞬間調整角度。

落下時蒼葉一腳踩在油頭男子的胸口，將斷掉的肋骨重重又壓裂了一次。

油頭男子雙眼一瞪，口中吐出鮮血。

縱使油頭男子的手還是死命地握住那把刀，可什麼都結束了。

聽著震天價響的心跳，劇烈喘氣，雙腳慢慢離開油頭男子的身體，蒼葉的世界恢復到他原先認識的模樣。雙眼習慣的那個世界。

「這是怎麼回事……眞是，太不切實際了。」

蒼葉喃喃自語，看著油頭男子的鼻孔冒出虛弱的血泡。

再過幾分鐘，甚至是幾秒鐘，這個油頭男子就會變成一具屍體。

蒼葉就這麼蹲在油頭男子旁邊，腦子一團混亂地看著這個陌生刺客。

「……你是誰？」蒼葉的聲音在顫抖：「是黑道嗎？殺手嗎？還是……」

油頭男子嘴角微動，卻不像是想說話。而是在笑。

像是自嘲般那樣地笑著。

「你殺了那麼多人，是……是誰的命令？爲什麼又要殺我？」蒼葉厭惡油頭男子笑的表情，沉著聲說：「在說出來之前，你別想就這樣死掉。」

但他又能怎麼辦？實際上就是油頭男子想說也說不出來。傷得太重了。

一分鐘後，血水灌滿了肺部，這位陌生刺客終於停止呼吸。

蒼葉眞正殺了一個人，殺了一個想要殺掉他的人。

這種體驗雖然是逼不得已的結果，但蒼葉還是難以置信。

坐在沙發後的混混還剩一個還沒死，他臉色蒼白、嘴唇發紫地看著蒼葉。

「救救我……求……」那混混按著腹部，全是血，根本不曉得傷到了哪。

蒼葉認出他就是拿著鐵條將自己的大腿打腫的壞傢伙。

這一認出來，蒼葉感覺到左大腿頓時又劇痛了起來。

剛剛腎上腺素大量分泌，讓他忘了許多會阻礙他活下去的感覺，現在腎上腺素消失得無影無蹤，不僅左大腿，被刀子割傷的好幾個切口都燒燙了起來。

「你去死吧。」蒼葉瞪著那個瀕死的混混。

不，只是死還不夠。

蒼葉霍然站起，走出大廳，在廁所旁邊的工具間外面找到了那根鐵條。

趁著那混混還有意識，蒼葉快速回到他身邊，高高舉起微微彎曲的鐵條。

「這是你欠我的，別想拖到下輩子！」

蒼葉用力揮下，然後將鐵條隨意扔在一邊。

毫無希望了，那混混的腳挨了這麼一下，一分鐘後就沒了氣。

該算誰的呢？蒼葉想，既然最後那麼一下是自己揮下去的，這個死混混應該算在自己頭上吧。距離自己第一個殺掉的人，這第二次殺人來得好快。有點虛。

這個空間充滿了刺鼻的硝煙味、與讓人頭暈的血腥味。

八具屍體，一個活人。

屍體裡包括一個最不可能死的超級刺客。

活著的是所有人中最應該停止呼吸的倒楣鬼。

「我該怎麼辦？報警嗎？我應該去報警嗎？」蒼葉搖頭，又搖頭。

該怎麼跟警察解釋，自己身處在這個空間的無奈角色呢？

又怎麼跟警察解釋，這個油頭男子是怎麼一口氣屠殺了七個人的呢？

警察會相信透過蒼葉口中複述一次、那種只會出現在電影裡職業殺手等級的壓倒性力量嗎？不，這個油頭男子根本就是貨眞價實的職業殺手吧？

是吧？沒有理由不是吧？

如果警察天眞到照單全收以上的講法，最後又怎麼說服警察相信自己只是碰巧踢了那個職業殺手兩下，於是就幸運地大獲全勝了呢？

沒時間猶豫了，得想出一個備胎的第二版本說法才行。

這棟商業大樓的其他樓層還住著其他人，聽到那麼吵的槍聲，一定會報警的。可都過了那麼久，警察怎麼還沒來呢？

蒼葉想著警察快快來，卻又隱隱覺得警察來了對自己也沒什麼好處，只有一連串的麻煩罷了。

渾身是傷的蒼葉根本不可能注意到，從剛剛油頭男子將刀子反插在開門混混的下巴開始到現在，牆上時鐘的分針才走了四格半而已。

「……」蒼葉越想越混亂，抓著自己的臉。

觸覺又黏又怪，這才想起臉上都是噁心的血，忍不住想吐，但又覺得吐很麻煩。

電視新聞依舊播報著關於悲慘空難的一切。

事故調查才剛剛開始啓動，所有關於墜機的原因都是一片空白。

貧瘠的新聞報導內容無法支撐起這麼重大的飛安事故，卻又不能不報，於是主播開始重複著毫無進度、毫無意義的揣測性報導，而新聞畫面底下的跑馬燈跟著附和，逐一逐排地列出這架飛往曼谷的班機上所有台灣旅客的姓名。

蒼葉原本空白如荒原的腦袋，在他無意識地抬起頭，視線與跑馬燈上的一行字高速對撞時——如一道閃電擊中另一道閃電。

心臟停了一下，又跳了一下。

他的命運快速歸零。

死亡確認，吳蒼葉……

當代殺手最強的三大傳說之一，就從這間充滿焦灼彈孔與血漿的辦公室開始。

Mr. NeverDie。

絕對的不死，無與倫比的自由。

6

吊在天花板上的電風扇，搖搖欲墜地隆隆隆轉。

「所以，你就從阿莫身上拿走手機，等我打電話給你？」

「我翻了很久，那個男人的身上完全沒有能夠證明他是誰的東西，就連手機裡面也沒有任何人的電話號碼跟簡訊。我想弄清楚這個男人的來歷，他是誰，爲什麼他有這麼厲害的身手，還有……爲什麼他殺不了我。」

「眞是讓人舒服的自誇啊。」

長春路這間裝潢過於老舊的生猛海鮮店裡，地上髒髒滑滑的。

龍蛇雜處，吵得很，一點也不適合談事情。

滿座穿著短褲涼鞋的客人紅著臉高談闊論，大火快炒的爆油聲，壯漢揮手大喊直接點菜，此起彼落的哈哈大笑聲跟咒罵聲。這間店最常出現的兩個單字是「乾杯」跟「來了來了」。每張桌子下都堆著好幾只空玻璃啤酒瓶。

但鄒哥卻選在這裡，跟殺了他底下前三優秀刺客的陌生人說話。

冷氣開得太強，剛上桌的菜還冒著蒸氣，拿著筷子的手卻早冰涼了。

「你的名字叫蒼葉？」鄒哥又夾了一塊生鮪魚肉，用筷子掂了掂。

「不，我還沒決定我的新名字。」這個不想再叫蒼葉的男人說道。

爲了遮掩十幾道傷口，他的身上貼滿了OK絆，看起來愚蠢至極。

「隨你便啊，不過我該怎麼稱呼你？」

「……暫時就叫我，殺死阿莫的傢伙好了。」

「呿。」

鄒哥的心裡頗有矛盾。

仲介殺人十七年了，在鄒哥底下做事的殺手，有一半不能好好完成制約退休。一半都會在任務中送命、或是制約定得亂七八糟導致有多少就得宰多少。

最優秀的殺手不見得就能活到最後，鄒哥看得很多，這沒什麼。

底下的殺手被黑幫逮到後用刑處決，鄒哥也不覺得有什麼不公義——幹這一行還要跟人談公義，會惹人發笑。

不過，這個人在殺死他經紀的王牌殺手後，接著還想辦法跟他接觸、見面、聊天「談生意」這種事，是不是有點白目過頭了呢？

鄒哥在吃了大半盤生魚片後，試著了解爲什麼此刻坐在他眼前的不是阿莫……而是這個白目又自以爲是的狂人。

這個狂人像秋風掃落葉一樣，在見面的十五分鐘內吃了非常非常多的東西。

「你相信命運嗎？」蒼葉毫不客氣又塞了一大堆東西進嘴，含含糊糊地說。

「我當然相信。我也相信命運可以被掌控。」鄒哥說著熟悉的殺手經紀語言，開了瓶啤酒：「我相信只要給我錢，這個世界上就會有至少一個人的命運，被我控制了。」

鄒哥爲自己倒了一杯，也爲蒼葉倒了一杯。

蒼葉一鼓作氣吞下滿口的食物，爲他要說的做好準備，也爲了剛剛倒滿的酒。

他吐了一口氣。

「就在今天中午，一個拿著我護照的陌生人登上了一班預計從台北飛到曼谷的東航班機。那班飛機摔下來了，摔在太平洋上，就是今天新聞裡不斷提到的那一架。」蒼葉好整以暇地說：「四百五十多個乘客，全數罹難。」

「喔。」鄒哥自顧乾了一杯。

一架飛機墜毀了，然後呢？

蒼葉也乾了一杯。

「我不知道討債公司到底將我的護照賣給了誰，我也不在乎。不過現在航空公司將我的名字列進了死亡旅客名單裡，飛機又摔成那個樣子，幾百條屍體不是燒焦了就是被魚吃了，或是根本被海流捲走了，絕對不會有什麼費事的驗DNA確認的問題。」蒼葉爲自己斟了一杯，像是下定心地說：「在法律上，我已經死了。」

鄒哥無動於衷地夾了一把炒花枝。

幹殺手，也幹經紀人，前前後後加起來也有二十年了，遇過的怪事可曾少了？

這種離奇的生死經驗他不是沒聽說過，要說，鄒哥自有更精采的故事。

這個自以爲是的混蛋接了應該打給阿莫的確認電話，就爲了跟他說這些屁話？

「我說這個呢……殺死阿莫的傢伙。」

鄒哥嚼著炒花枝，晃著筷子說：「不知道要說你無知咧，還是該稱讚你很勇敢？我管你什麼飛機掉不掉下去的，你宰了我的人，你宰了我的人，你宰了我的人——」

說這三疊句的時候，鄒哥拿著筷子不斷指著蒼葉的鼻子。

終於，鄒哥像是釋放情緒地恐嚇道：「你不怕我找了其他殺手埋伏在這間店裡、街上、巷子裡，幫我的……好員工報仇？」

蒼葉沉默了片刻。

最後，他點點頭。

「我怕。可是我不會死。」

「哎喲？這麼屌？」

「……自從那架飛機摔下來，在死神的名單裡，我也一併死了。」

「哎喲？還挺會幻想的嘛。」

「死過的人是不會再死一遍的。」

鄒哥點點頭，用筷子在桌上一片狼藉的酒菜上劃了一圈，示意兩人一起吃完。

餐廳很吵，給了蒼葉更肥的膽子。

「輪到你回答我了。你口中的阿莫，就是職業殺手吧？我要怎麼樣才能成爲其中之一？你能教我嗎？我該怎麼做呢？」蒼葉連珠砲地問。

鄒哥只顧著吃，一個眼神也沒給蒼葉。

這陣子屈辱慣了，蒼葉也不在意，便跟著大快朵頤。

菜吃完了，酒也乾了。

蒼葉還沒開口，鄒哥就擦了擦嘴。

「阿莫的手機你還留著吧？」鄒哥起身。

「要還你嗎？」蒼葉也茫然地起身。

「……五分鐘後我傳簡訊給你，若那時你還活著，就來吧。」鄒哥冷笑。

什麼意思？

蒼葉正想問，卻在鄒哥背對他結帳的一瞬間明白了怎麼回事。

一股電流從腳底衝向頭頂，蒼葉的全身寒毛直豎。

驚訝的是，他竟然非常喜歡這種危機感充滿全身的感覺。

一百多顆隱形鏡頭自動綻放開來，立即從四面八方監視著這間餐廳每個動靜。

兩個正在吃海鮮麵的古惑仔散發出不尋常的、略嫌笨拙的殺氣。

一個正在剔牙的壯漢，不懷好意的眼神從吵雜人群中射了過來。

靠在牆角獨自喝酒的長髮流浪漢，腰際鼓了一大包硬硬的東西。

是了。

要走出這間店，沒四條命還眞不夠死。

不。

遠遠不只。

一百多顆鏡頭快速震動起來。

蒼葉全身發抖，褲檔裡的尿意飆升到眼睛，差點就要哭了出來。

「好好玩。」

鄒哥結帳完，便逕自走了。

走的時候，鄒哥的手裡還拎著一瓶未開的酒。

蒼葉沒有目送鄒哥。因爲他已全神貫注在……面對巨大的恐懼上。

剛剛還在大火快炒的老闆面無表情關掉瓦斯，兩個服務生將鐵門拉了下來。

所有一秒前還在高談闊論的客人們全都安靜下來。

「……」蒼葉不自禁伸手，慢慢抓起了桌上的空酒瓶。

彷彿剛剛吃進肚子裡的數千卡食物，瞬間都轉化成腎上腺素在體內熊熊燃燒。

以恐懼為薪柴，蒼葉的全身快要沸騰起來了。

二十幾個客人同一時間站了起來，每個人的手上都拿著兩只空玻璃酒瓶。

「沒……沒得商量？」蒼葉握住酒瓶的手，劇烈發抖著。

商量？

二十幾個客人不約而同將酒瓶敲碎。

7

路燈是很稀薄的慘綠。

鄒哥坐在公園的噴水池旁，將酒瓶打開。

「其實不曉得你喝不喝酒……」鄒哥瞇著眼。

喝了一口，然後將其餘的灑在池子裡。

每個殺手離開的背影，都不一樣。

少有殺手希望在任務中鞠躬盡瘁，身後的好名聲並無太大意義。名聲只有活人才用得到，死了，就什麼也沒了。絕對的消失是好事。

天堂？地獄？

應該沒有殺手會幻想自己上得了天堂吧，他們幾乎都是無神論者。

相信也沒有殺手在呑嚥最後幾次呼吸的時候，會抱怨降臨在身上的命運。

他們的工作內容清一色在掠奪地球上其他人呼吸的權利，一旦輪到他們被子彈擊中內臟、被刀子割開喉管、被推下火車近距離欣賞鐵軌，閉上眼睛的時候很少有仇恨，十之八九還會偷一點點迴光返照的寶貴時間，去好好反省最後一次任務的工作內容，檢查到底是哪個環節出了問題，才會導致他們沒辦法在工作過後到熟悉的小酒吧點上一杯……「老闆，老樣子。」

殺人還人，天公地道。

阿莫跟了自己幾年，一直都是相當優秀的殺手。

不多話，冷靜，沒有多餘的情緒反應。典型，典型中的典型。

說了時間、地點跟目標，有時候加上一些特殊要求，講好了價，就萬事足夠。

在別的殺手忙著製造個人風格化、在殺手手段上加油添醋的時候，阿莫跟幾個老牌殺手一樣，直接用槍打爆對方的要害，用刀俐落切開對方的喉嚨，沉穩地殺著人。完了事，就走人，不會娘娘腔地將現場當作殺手的裝置藝術來佈置。

這種極度刻板的殺手印象，根本就是殺手教科書裡拿出來的活範例。

阿莫如此公事來公事去的人，要說鄒哥跟他有交情？根本沒有。

甚至連雙方見面也只有一次，那一次，也不過是認可了彼此關係的初次見面。

初次，也是最後一次。

從此之後就只有電話往來，跟帳號往來，乾淨簡潔。

但男人之間有時候是如何觸動對方的，怎麼回想都解釋不起來。

話說，客戶的要求有時候很無理的。

尤其是冷面佛。

出了名的七日一殺。偶爾也不介意多殺幾個。

冷面佛爲什麼要付錢宰掉爲他賺了一大堆錢的財哥，鄒哥沒興趣，反正要惹冷面佛生氣未免也太容易。一個不對勁的眼神、說錯一句話、笑話沒有梗，可能就種下劇烈的殺機，他媽的莫名其妙。

最出名的就是，有一次冷面佛跟兩個保鑣在百貨公司搭電梯，當時還有三個剛剛結束購物的上班族女郎也在裡面。電梯門才剛剛關上，冷面佛便在裡頭聞到一個悶屁。

冷面佛問了句：「誰放的屁？」

當時沒人承認，冷面佛還被其中一個上班族女郎白了一眼。

事後冷面佛便用關係調出了百貨公司電梯監視器的錄影帶，請私家偵探將畫面中三個上班族女郎的身分查了出來，再聘雇殺手將那三個女人分成九次扔進海裡。

若非跟在冷面佛左右跟進跟出的兩個保鑣，都是出了名的超級怪物，很有用，猜忌心超重的他一定會一併將他們做掉。

冷面佛，可說是黑社會裡最小心眼的暴君。

鄒哥從冷面佛手下紳豪那裡接到的當日任務內容，是在中午十二點整殺光財哥那間討債公司裡面所有人是的，統統殺光，一個都不剩。

當他將任務委託給阿莫的時候，阿莫也只是多問了一句話。

「如果當時送外賣的也在裡面呢？」阿莫在電話那頭。

「冷面佛付了錢。」鄒哥在電話裡說。

就是這麼一回事。

那個又臭又髒的死白目，明顯就是今天阿莫任務中唯一「意外增額出來的目標」。任務的內容不算有了更動，卻起了致命的變化。

原本鄒哥可以完全不追究阿莫是怎麼死的，就當作一般的任務死亡。

不過死白目找到了自己面前，那又是另一回事了。

那二十幾個喬裝成食客的凶神惡煞，就是鄒哥用還沒付給阿莫的尾款買來的黑幫流氓。這種用錢就可以收買的廉價打手，一兩個不夠看，但二十幾個加起來硬幹，就算是阿莫也給做成生魚片了。

「那麼，再見了。」

鄒哥將空酒瓶沉進了噴水池底。

隱隱約約，鄒哥聽見玻璃瓶與池底輕輕敲擊的聲音。

池水的倒映裡，多了一個全身狼狽不堪，整體卻散發出異樣神魄的男人。

在這一刻，鄒哥明白了阿莫的死必非偶然。

也絕不可恥。

那個渾身血水、傷口刮滿碎玻璃的男人慢慢走到他的眼前。

蒼葉晃著手機，露出極度疲倦卻也極度興奮的笑容。

「要試我的命，二十幾個人還不夠。」

這種笑容鄒哥見過，是深埋著極度徹底瘋狂的笑臉。

那笑臉會無限膨脹一個人的心神意志，令他看起來比實際的身形更巨大。

拉下的鐵門裡，躺了五、六個流氓打手，跟數十只破爛不堪的酒瓶。

血腳印一路從一樓店家地板，以倉皇的節奏一路跳衝到二樓，消失在陽台前。

鐵門外，大街小巷裡。

十幾個氣急敗壞的流氓拿著破酒瓶東張西望，找著他們再無法追上的目標。

「都死了？」

「只是逃得好。」

才短短不到一個鐘頭，這個臭小子彷彿脫胎換骨。鄒哥暗暗訝異。

是蛻變。

朝著與世界傲然對立、絕不妥協的方向飛奔而去的那種蛻變。

蒼葉大剌剌走進噴水池裡洗澡，將一身亂七八糟的血污與汗垢搵掉洗掉。

「挺嚇人的。」鄒哥忍不住點了點頭：「也許你說的有點道理。」

或許他的死亡，眞的緊跟著那一架衝進太平洋的飛機，瞬間被死神所確認。

「我要好好想一個新名字。」蒼葉的血色笑容，在路燈下格外妖異。

鄒哥從懷裡掏出支菸。

「不管你叫什麼，那個名字一定會讓人很不舒服。」

點著了，隨意扔向了蒼葉。

蒼葉張嘴便含住，笑嘻嘻地抖了抖眉毛。

菸頭上的火光大盛。

8

從這座台北市最高的天橋上看下去，每個人都變成蟑螂一樣大小。

雙手憑靠在天橋護欄上，鄒哥抽著菸，慵懶地吞吞吐吐。

無視危險的高度，Mr. NeverDie一屁股大刺刺坐在護欄上，顧盼自得。

就在一天以前，他還是一個被囚禁在廁所的蛆蟲。

而現在，他自己起了個視上帝無物的名字。

鄒哥將菸蒂抖落，隨著風吹落在底下熙熙攘攘的行人頭上。

「每個人都有想當殺手的理由。有人是爲了賺錢，把殺人當作打卡上班。有人是想聽到別人慘叫的聲音，所以很享受把刀子插進對方內臟的感覺。有的殺手覺得自己是正義使者，殺人就是幫社會清除害蟲。更多殺手不曉得爲什麼自己要幹這一行，只知道沒能完成制約前不能停止。」

Mr. NeverDie沒有回話。

「以上，哪一種殺手比較變態？」鄒哥朝旁瞥了一眼。

「……有差別嗎？」Mr. NeverDie的直覺。

「很好。」鄒哥點點頭，說道：「如果一個人的職業是削鉛筆，不管他抱著什麼心情在削鉛筆，只要把鉛筆削好了，就是好的削鉛筆人。如果他沒辦法把鉛筆給削好，就是一個差勁的削鉛筆人。」

Mr. NeverDie皺起眉頭。

……這算什麼比喻啊。

「要幹這一行，現在你得做兩個決定。第一個，你想我當你的經紀人嗎？」

「我沒得選擇。」Mr. NeverDie強硬地說：「你也沒得選擇，你得讓我入行。」

對這種充滿強烈威脅的眼神，鄒哥倒是不屑一顧。

不過，話說回來，心理完全正常的平凡人是絕不可能當殺手的。

眼前的極端瘋子，稍微導正一下，或許……

「第二個，你得決定一個退出殺手這行業的方式，我們說是『制約』。」

「……」Mr. NeverDie不明白。

「在你第一次動手前就得先想好，想好後，除非你在任務中翹毛了，否則在完成制約前絕對不能退出。」鄒哥用了稍重的語氣：「這是規矩中的規矩。」

「不理解。」

「也就是說，你可以訂定這樣的制約——當你有一天結婚了，就無附帶條件地退出殺手，到時候沒人可以強迫你幹下去，我也會把你的聯絡方式從我的手機裡刪掉。」鄒哥繼續解釋：「但如果，你一天沒有結婚，就得一直接我的電話。」

「了解。」

Mr. NeverDie倒是有點雀躍起來了。

這一行眞不簡單，越多的特殊規範反而顯得這一行的神秘價値。

而自己也即將加入這一群盡解這些秘密的殺手，一想，心頭火熱了起來。

「不過，通常大家都怎麼定的？」Mr. NeverDie好奇：「殺滿幾個人就退出？賺到多少錢就退出？」

「別拿別人的想法當參考。」鄒哥白了他一眼。

「……」

「想好了也不必告訴我，你自己知道就行。」

鄒哥想起了，阿莫退出殺手的制約。

阿莫在電話裡曾提到過，等到U2合唱團來台灣辦演唱會的那一天，他就退出。

「你喜歡U2？」鄒哥隨口問。

「很討厭。」阿莫拒絕往下討論。

鄒哥不是一個冷酷無情的經紀人，所以底下有六個殺手跟他分享片段的人生。

阿莫願意將他隱藏在心中的制約說給鄒哥聽，鄒哥有點珍惜似的保存著。

理性上，鄒哥當然可以接受這一個爲了生存不得不殺掉阿莫的神經病新人。

但情感上，他不由自主憎惡這一份來自殺手世界的理性。

兩者平衡的最佳結果，莫過於，在某個諸事不幸的晚上，這個神經病新人接了一張沒人想接的爛單子，與目標來個屍塊黏滿地的同歸於盡。

Mr. NeverDie沒有注意到鄒哥複雜的表情。

他專注地看著天橋底下的熙攘人群，思考著關於制約這一件事。

沒有花多少時間，他有了很奇異的答案。

他看向鄒哥，再一開口就是最現實的問題：「幹這一行，怎麼收錢？我的身手越好，就值得越多報酬嗎？」

「我給你多少，你就拿多少。」鄒哥直接說出最後答案。

鄒哥底下的殺手只能說要不要幹，不能向他多要，因爲他從不少給。

這是當經紀人最基本的職業道德。

「我死不了，誰都擋不下我。」Mr. NeverDie一張單都沒接過，口氣卻很大。

鄒哥繼續他擅長的不屑：「我認識一個坐輪椅的老傢伙，他每個禮拜固定洗腎三次，可平常不僅賣彩券，還兼差殺人，他殺人的手段稀鬆平常，就是近距離用槍。殺得死人就很足夠。」

「……」

「成功是基本條件。其次要看目標是誰，再其次看雇主的特殊要求。」鄒哥打了個裝出來的呵欠：「平常沒太多難纏人物給你殺，可要你殺了一個小學生，值不了幾個錢，身手再好有什麼用？但若雇主命令你分十次肢解一個小學生，就值得了很多錢，因爲不見得每一個殺手都能狠到這種程度。」

「哼。」

「不過你放心，我很看好你的神經病。」

Mr. NeverDie不予苟同這種比喻。

他的不予苟同全寫在臉上。

「等眞正入了殺手這行，還有三大職業道德，跟三大職業法則得嚴格遵守。不過……」鄒哥回以冷笑：「以前你爲了生存殺掉了阿莫，可不是爲了得到報酬動的手。你，還不夠格稱殺手。」

Mr. NeverDie嘴角微顫，脖子發熱，眼睛周圍的空氣登時灼熱了起來。

用獅子的語言來說，這已是同類厮殺前的危險試探了。

原本有循序漸進的方式可以磨練新手，但看現在這樣子，只能來個速成。

「你會摺紙飛機嗎？」鄒哥將只剩一點點的菸屁股踩在腳底。

「誰都會吧。」Mr. NeverDie勉強應道。

鄒哥撿起地上被往來行人踩得灰灰髒髒的廣告宣傳單，遞給Mr. NeverDie。

Mr. NeverDie接過，用最簡單的摺法摺了一架。

「射下去。」

「？」

「朝底下走在人行道上的人群，射下去。」

Mr. NeverDie機械式地照辦。

脫手的紙飛機飛啊飛地，滑翔，風一吹，在空中停留的時間又多了一會。

最後，機嘴歪歪斜斜敲到一個上班族女郎的左肩上。

年約四十歲的上班族女郎往後看了一眼，眉頭微蹙，轉回頭，繼續往前走。

鄒哥從皮包裡拿出一張百元鈔票，壓在食指與護欄之間。

「條件一，殺了她。」鄒哥簡單說完。

「她是誰?爲什麼我要殺她?」Mr. NeverDie吃了一驚。

「眼睛不要離開她。」鄒哥嚴肅地說：「條件二，今天晚上十一點前完成。」

「……」Mr. NeverDie只好將視線拉回那一個越走越遠的中年上班族女郎上。

「條件三，不能被任何人看見。被撞見，一起做掉，不另支酬。」

「爲什麼是……」說到一半，Mr. NeverDie將後面的句子吞下肚。

取而代之的，他將壓在鄒哥食指下的百元鈔票抽了出來，用力揉在拳心裡。

「全身而退的話，今天晚上，記得盯著從你門縫送進去的東西。」

「會是什麼東西？」

「問得好。告訴我那是什麼東西，你就合格了。」

鄒哥說完，眼睜睜看著Mr. NeverDie一屁股從護欄上翻落，直接跳下天橋。

後面的汽車嚇得還來不及按喇叭，Mr. NeverDie便豹子一樣往旁邊的人行道衝去。

……這個傢伙，好像眞以爲自己死不了似的。

鄒哥的額頭抵著護欄，閉起眼睛，想忘記剛剛那一個轉頭後看的女郎臉孔。

快速忘記臉孔的技巧，他一直沒能熟練。頭疼了起來。

儘管沒親自動手殺過人，可幹殺手的經紀人，他沒想過自己雙手乾淨。

於是鄒哥跟大多數殺手一樣，都是無神論者，不相信上帝魔鬼，不相信報應輪迴。相信那些凌駕命運之上的「東西」，一概沒有好處，只是徒增困擾。

只不過，用一百塊錢取一個素昧平生的人的性命，儘管刻意用毫不在乎的態度去逼迫那一個神經病新人成長，心底還是……

「很不痛快啊。」

鄒哥離開天橋的時候，放了一張千元鈔在斷腿乞丐的帽子裡。

9

關於Mr. NeverDie離經叛道的囂張傳說，一開始其實是這樣發生的。

距離條件規定的晚上十一點，還有三個小時。

Mr. NeverDie從捷運、公車、步行，走過大街、穿過小巷，一路尾隨中年上班族女郎，來到她位於淡水的租屋小套房。

或許一路上已經慢慢消化過殺人的迷惘感，或者從一開始在精神上就沒有任何模糊空間，體力驚人的Mr. NeverDie想出了一個勉強及格的計畫。

刻意放慢腳步，他保持足以令獵物鬆懈的兩個樓層距離，直到女人將鑰匙插進鎖孔時發出了喀喀聲，耳朵一豎，他才用田徑選手的肌肉爆發力自昏暗的樓梯間衝了上去，趁女人開門的一瞬間朝她的頸子重重一斬。

這一斬，絕對是電影看太多了的後遺症。

李連杰、史帝芬席格、甄子丹、吳京、尚克勞范達美乃至麥特戴蒙，用這經典一斬落在敵人的頸子上，敵人一聲不吭就昏死倒地，絕對不會有一斬、再斬還是斬不暈人這種事。

可Mr. NeverDie這一斬並沒有如預期般發揮作用。

上班女郎重重倒在地上，但沒有昏倒，而是嚇得腿軟。

「！」

Mr. NeverDie自己也很驚訝，只好趁女人想起尖叫前，重重一腳踢向女人的臉，然後快速將她拖進只有五坪大的小套房，反手鎖上門。

上次殺人只是被逼急了的極端意外，這一次，不算有經驗的Mr. NeverDie所有的肢體動作很粗暴。

「不要出聲。」他好像有將這句話說出口，又好像只是默唸。

然後一拳砸下。

爲了不讓女人有機會發出求救聲，他使盡全力揮打女人的臉、喉嚨、肚子、腹部……根本就是一陣狂風暴雨似的亂打。

女人被揍得很慘，很慘，鼻樑歪曲，嘴巴糜爛，眼窩粉碎。

她完全錯亂地屈服，拚命想告訴對方床底下的鞋盒有一疊鈔票、皮包裡銀行金融卡的密碼、甚至願意解開身上每一顆鈕釦，可這個凶神惡煞完全沒有給她機會做這些求饒的動作。

最後Mr. NeverDie用左手抓住女人的頭髮，將她的頭往下壓，右腳膝蓋不斷上抬蹴擊女人的臉。

女人身體猛抽搐，他就用右手手肘往她的後腦勺撞下、撞下、撞下，感覺那塊頭骨越來越軟，好像果凍一樣的觸感。

像是嫌膩了重複的攻擊，Mr. NeverDie將快要失去意識的女人摔在地上，如同摔角選手壓在她肚子上，用最原始的小孩子打架的姿勢猛揍女人身上的每一處，每一揍，對方肌肉骨骼的悲鳴都滲透到他的拳縫裡。

他沒有停，反而加重力道。

他的運動肺活量可是三個成年男子加起來的量。

在原本的計畫中，Mr. NeverDie本來想在那一斬後，再用夾臂活活勒死這個女人，但就在他重新想起這一個簡單的殺人方法前，這一個可憐的女人已被他活活打死。

這一頓打，一共花了五分鐘，死因大概是內臟破裂導致的大量內出血吧？

或許根本不到五分鐘。

女人很可能是在他察覺到目標死亡之前，就已完全死透透。

「……好累。」

看著鼻青臉腫的女人屍體，劇烈喘氣，Mr. NeverDie這才回神，他完全沒有考慮過這間房子會不會不只住了這個女人。

萬一還有其他人，他是不是也會機械式地動手。

他不曉得，應該會吧？

但難道全都是這種拚命亂打地打死對方嗎？

好累，眞的好累。

大多自己打在女人的地方都不是要害，徒增她的痛苦，也耗費自己很多不必要的力氣，追根究底是太緊張了。

會這麼緊張，當然是因爲不熟悉殺人這種事，以後殺的人多，慢慢熟練了，對目標，對自己，都有好處，「雙贏」這兩個字應該就是用在這種場合吧。

先不想了，總之幹掉了這女人。

Mr. NeverDie將女屍拖進窄小的廁所，將四肢簡單地摺疊好，塞在馬桶旁。

有點餓了，於是他打開小冰箱，自己抓了一顆蘋果吃。

「原來殺人沒什麼大不了的。」

坐在硬邦邦的床上，不經意看著拳頭上的破皮傷口，還有點瘀青發腫。

從「這個角度」思考，他覺得人類的身體真是脆弱，明明就是自己將對方打得不成人形，卻也得受點傷當作代價。如果自己用上兵器，或乾脆修煉武術，也許現在一點破皮都不會有。

所以了，也許該找一把槍，到無人的山區練習練習。至少也該拿把刀。

也許該去武術館報名練武，學個空手道跆拳道或是詠春拳什麼的，他想，自己的體能出類拔萃，田徑十項全能，不管修煉哪一種武術都能很快上手吧。

胸口有點悶悶的，不過他拒絕從「另一個角度」思考剛剛發生的事。

那一個叫做蒼葉的悲慘傢伙可能會因爲打死一個無辜的女人感到罪惡，但Mr. NeverDie不想擁有類似的感覺……

「我是一個殺手。從現在開始我就是一個專業的殺手，沒有回頭路了。」

Mr. NeverDie大口咬著蘋果。

連續吃了三顆蘋果，他打開電視。

轉來轉去，最後看了一部很糟糕的港片。

爛片比殺人還教他疲倦，眼睛一閉，直接就在不屬於他的床上睡了一覺。

醒來時已經是半夜兩點多。

殺了人還可以呼呼大睡，讓Mr. NeverDie安心了不少，這種道德匱乏的空白感很可能是他身爲一個殺手的最佳證明。

他起身去廁所。

馬桶旁，女屍沉默無語地看著他脫下褲子、在她旁邊尿尿。

他哆嗦了一下，不過不是因爲害怕，而是尿液射盡的自然反應。

「妳有辦法變成鬼的話，就儘管來找我吧。」

Mr. NeverDie相當認眞地看著她，拉上拉鍊。

回到房間，他瞥眼注意到門縫底下，躺了一只黑色牛皮紙袋。

Mr. NeverDie先是心頭一揪，是誰？但他很快想起了幾個小時前鄒哥的交代。

難道是鄒哥跟蹤他？但自己一點也沒察覺被誰跟蹤了啊。

他彎腰將黑色牛皮紙袋撿了起來，小心翼翼撕開。

裡頭是三張讓人摸不著頭緒的文字，讀了一下，應該是份小說。

不過這三頁小說雖然各自完整，湊在一起看卻前後文兜不起來，一看邊角的章節名稱，顯示都不一樣。原來這些文字已經散亂脫勾。

可讀起來，卻更有神秘的氣息。

「究竟是什麼鬼啊……」Mr. NeverDie不買帳，嫌惡地扔在一旁。

肚子餓得咕嚕咕嚕叫，他打開冰箱，喝了一整罐優酪乳，還有一塊吃到一半的小蛋糕也進了肚，然後又躺回床上。

這麼晚了，他其實沒有別的地方可去。

精確來說，就算是大白天他也無處可棲身。

於是他再度睡了個飽滿的回籠覺。

第二天早上，女人的手機響了起來，吵醒了Mr. NeverDie。

他沒有理會，只是從女人的錢包裡抽出幾張鈔票，拿起鑰匙出門去。

「回家」時，Mr. NeverDie的手裡提著一大罐家庭號的鮮奶、一串香蕉、兩碗維力炸醬泡麵、幾包零食餅乾，以及一張空手道入門的教學光碟。

接下來的七天，

Mr. NeverDie一共出門了十一次。

第七次回家的時候，他手裡提著的大賣場塑膠袋裡，放了一瓶號稱強效的空氣芳香劑，當天就用剩一半。

冰箱裡的東西不斷更新，DVD播放機裡放著一片又一片的空手道教學光碟。

他將家具堆在一旁，騰出一個小空間，讓自己跟著電視畫面上的示範打打拳、踢踢腳，總之是有樣學樣。他喜歡有目標的感覺。

期間那死去的女人手機一共響了十七次，來電顯示有十次來自公司，三次來自家人，四次來自不知道名字背後意義的朋友。他不予理會。

門鈴倒是一次也沒人按過。

很好。

Mr. NeverDie沒興趣從房間裡的擺設與收藏，去了解這個被自己殺死的女人背後有什麼樣的故事，喜歡做什麼、喜歡想什麼、是一個什麼樣的人、爲什麼會一個人獨居、有沒有男朋友等等。甚至連放在皮包裡的身分證都懶得拿出來看。

她死了，遺下的一切歸他暫時保管，如此簡單。

他甚至連一把紙錢一根香燭都沒爲她買過。

每天晚上他都睡得很安穩。

每次大小便、甚至洗澡，他都會跟縮窩在馬桶旁的發黑女屍簡單說個話。

「妳又更黑了。」

「妳好臭。」

「冰箱太小。」

「熱水不穩，應該是水壓不夠。」

「明天是妳的頭七，妳會變成鬼回來嗎？」

「喂！讓我見識一下吧！」

直到第八天中午，屍體發出的腐爛味道實在無法被空氣芳香劑壓制，Mr. NeverDie才將鑰匙扔在女屍上，告別了他的處女殺人現場。

爲什麼Mr. NeverDie不像其他殺手一樣，頭也不回地迅速離開殺人現場？

有犯罪學家說，Mr. NeverDie從一開始就希望警察逮住他。

有殺手同行說，Mr. NeverDie的退出制約與這種古怪行徑一定有關。

有別的經紀人說，Mr. NeverDie從沒有感覺到罪惡感。或者，無法感覺。

有媒體記者猜測，這個連環殺人犯喜歡玩弄死者。

也有許多人冷眼冷語，瘋子的想法根本無須研究。

總會有一個人說對。

10

「那是蟬堡。」

「蟬堡？」

死神餐廳裡，鄒哥切著熟到完全不帶血的牛排。

Mr. NeverDie手裡拿著第十七杯雞尾酒，肉也啃了兩大塊。

錢花光了，鄒哥請客請得正是時候。

「每個殺手做完事後，當晚就會得到一份小說，叫蟬堡。大家都會看，也會討論，有的殺手彼此會交換閱讀，算是每個殺手都會看的小說。」鄒哥的語氣，帶著點淡淡的懷念：「不過沒有人知道那小說是誰寫的，也沒有人看過將小說送到的信差長什麼樣子，理由跟方法，都是個徹底無解的謎。」

「每個殺手都會看的小說？」

「只有殺手才會收到的額外報酬。」

餐間，鄒哥仔細解說了關於殺手的三大法則，與三大職業道德。

既然是規矩，自然就有破壞規矩的人。

弔詭的是，殺手都非常人，可規矩被這麼多非常人共同遵守，自有規矩不可逆的背後道理，絕不只是字面上的辭令而已。

這一行幹得越久，就會越了解遵守規矩的好處。

Mr. NeverDie將兩個禮拜前他赤手空拳將女人活活打死的事，鉅細靡遺說了一遍。

「活活把人打死的，除了他，大概就只有你了。」鄒哥感覺到刀尖上的遲鈍。

「……『他』是誰？」他很敏感。

沒有回答。

鄒哥不想回答。

「你的身上，有一股讓人不舒服的氣。」

遲遲沒有將切好的肉塊送入嘴裡，鄒哥直截了當地說：「我不會管你用什麼方法做事，能把事情做好的方法就是好方法，不過，你要記得，殺手跟殺人犯終究不一樣——你別不收錢就自己動手製造屍體。」

「不會。」Mr. NeverDie自信滿滿地說。

沒收錢就亂殺人，那可是外行人才會做的事。

也不過做了一次事，收了一百塊錢，Mr. NeverDie已自詡爲行家。

瓷盤上的肉塊終於只剩下了骨。

菸點著了。

淡黃色的牛皮紙袋從桌子這一邊，輕輕滑到了桌子那一邊。

「這一次的目標，資料都在這個牛皮紙袋裡。」

鄒哥看著落地玻璃窗外，一隻落單的麻雀在人行道上登登登跳著。

Mr. NeverDie迫不及待打開了紙袋。

十幾張彩色照片，照片後面都寫上了簡單的目標資料。

姓名，身高體重，相貌特徵，過去的學經歷，之類之類的。

「還是個女人？」他很失望。

「這個女人偷了大哥的錢跑不見了，對方不只要你做事，還要砍下女人兩隻手。」鄒哥面無表情，像是說著跟自己無關的事：「你在做事之前，有很多事得計畫一下。」

「未免也太簡單了吧？」Mr. NeverDie毫不隱藏他的不滿。

「不簡單。」

「……」

「這個女人在哪，雇主一點頭緒也沒有。你得先找到她。」

他怔住了。

手中那十幾張照片背後，林林總總寫了一堆資料，就是沒寫這女人在哪。

「那我要怎麼找她出來？」

「殺手不是偵探。」

鄒哥拿出一張黑色名片，上面只寫了一串號碼，竟然還是0800開頭。

「這是目標的電話？」

「是鬼子。大多數的時候你可以找鬼子，讓鬼子幫你。」

殺手這古老的行業，蔓生了很多相關的職業。

有專門接單的「經紀人」。

有負責善後屍體的「黑手」。

也有專司訓練殺手的「燒盆」。

而所謂的「鬼子」，就是幫殺手打探目標虛實的情報人，尋找目標、監視目標、研究目標、蒐集關於目標更多的日常資料，諸如此類。

許多鬼子都有徵信社、記者或私家偵探的長期經驗，有些鬼子甚至是私德敗壞的警政人員。有的鬼子，也很擅長隱藏自己的過去，幹過什麼沒人知道。

代價不一樣，鬼子收取的價碼自然比正常的徵信工作要高，有的鬼子收取的報酬甚至不比殺手便宜，只因他們有一隻什麼也嗅得到的鼻子，可以找到人間蒸發多年的目標。比起來，殺手要做的事反而簡單得多。

大多數的殺手都有固定合作的鬼子，備而不用也好。

有些殺手，更養了專屬於自己的鬼子。家用獵犬似的。

不過，有些殺手並不倚賴鬼子，自己有找到目標所在的本事。

一方面，要殺一個人，知道的人越少越好，免得消息走漏。

另一方面，純粹是個性使然。

「請這個鬼子找人，要花多少錢？」

「鬼子找到人之後會報價給你，你全數給了就是。」

「該不會很貴吧？」

「這就不關我的事。」

Mr. NeverDie跟很多殺手新人一樣，還不曉得自己會成爲哪一種殺手。

在明白答案之前，他得試著跟名片上那串號碼的主人合作看看。

不過談到錢……

不等Mr. NeverDie開口，鄒哥給Mr. NeverDie一個郵局信箱鑰匙。

用任何形式匯款都會留下轉帳紀錄，蛛絲馬跡都會要人命。鄒哥的行事老派，對科技一類的發明信任有限，上一代怎麼教他做事，他就怎麼照辦下去，畢竟到現在他都活得好好的，就是這套辦事方法最佳的背書。

「從下次開始，在電話裡我會盡量用詞精簡，見面這種事能省則省。至於詳細的目標資料、跟附帶的雇主特殊要求，我都會放在信箱裡，像今天一樣用牛皮紙袋裝著。當然報酬也會一併放在裡面，一開始是前金，方便你做事用的，做完事，隔幾天餘款就會放在裡面。」

鄒哥指著死神餐廳對面的小郵局：「有問題，試著自己解決，解決不了再打電話給我——要記住，你不能解決的問題十之八九我也沒本事幫你擦屁股，你打來，我也只是聽你抱怨，我不喜歡聽，我不喜歡聽，我不喜歡聽。」

鑰匙平凡無奇，上面刻著一個D14編號。

Mr. NeverDie將鑰匙勾在粗長的左食指上，寶貝似的。

「再沒有練習了，從現在起你就是獨當一面。」鄒哥起身時順手拿起帳單。

Mr. NeverDie咧開嘴，那條線笑得很開很開。

儘管還是不喜歡，但鄒哥仍得提醒Mr. NeverDie最重要的事。

「我不喜歡你，你也不需要喜歡我，不過工作關係就是要互相忍耐，我不希望我的人闖禍，或出事。記得三大法則跟三大職業道德，除了確實把事情做好之外，其餘的，就當作一片空白的好。」

「那我，什麼時候可以殺一些比較厲害的人！」

鄒哥白了他一眼。

現實人生不是小說，哪那麼多精采刺激。

「等。」

11

那串號碼三響內就通，接聽的是個女人。

「怎麼又是個女的？」Mr. NeverDie脫口說出。

「吃吃吃。」對方孩子般笑了，接著把電話掛掉。

Mr. NeverDie只好又打了一次。

這次電話響了十一聲才接通。

Mr. NeverDie與鬼子在手機邊都不說話，難以忍受的沉默。

許久，有所求的人註定要輸。

「我怎麼把資料傳給妳？」他冷冷地說。

「吃吃吃，將你有的所有資料拿到汀州路十四巷巷口的南華影印店，跟誰說話或不搭腔都沒關係，把你要給我的資料放在進門第一台影印機下面，這樣就可以了。吃吃吃。」

「事後要給妳多少？」

「看了資料再說囉，吃吃吃。」

吃吃吃……吃什麼啊？這樣裝白痴說話不累嗎？

Mr. NeverDie掛上電話。

對方的聲音，有一股說不出的甜膩感。

在鬼子蒐集情報的那幾天裡，Mr. NeverDie繼續他的流浪。

是，他是有了點錢。

他在郵局的出租信箱裡找到了一小疊鈔票，出奇的少，他原以爲人命很有價值，一百萬、兩百萬買一條活生生人命之類的。可眞正的市價教Mr. NeverDie頗爲失望。

「人的命，才值這個價？」他嘲笑著握在手裡的一團紙鈔。

雖少，那一小疊鈔票，怎麼說也夠他找間不用看證件的小旅社洗個熱水澡，住好幾個晚上，可他莫名其妙地抗拒「找個正常的地方住」的念頭。

半夜的時候，桌上擺了一大杯早沒了氣的可樂，幾條嚴重缺乏水分的薯條，手機電源線插在腳邊的插座上。他睡在二十四小時營業的麥當勞裡，亂七八糟混過一天晚上。

然後又一個晚上。就像以前躲債的時候一樣。

他開始懷念那一間五坪大的房。

雖然有一點臭，但有一張眞正的床，還獨立筒的。

還有一台冰箱，出門買幾罐啤酒冰著，睡覺前一口氣乾掉，一夜都好眠。

「宰了那個女人後，一樣繼續住她那邊吧。」他很快做出結論。

白天的時候，他全身肌肉痠痛地醒過來。

到處閒晃，在公園看一群老人練甩手功，坐在公車站牌底下看學生無精打采地排隊等上學，到剛開門的百貨公司吹冷氣，將捷運站四種顏色的路段都坐上一遍。餓了吃東西，渴了喝東西。

他很無聊。

無聊到很不爽。

「等待」也是工作的一部分，可眞的很要人命。

巨大的、無限的時間，讓「悠閒」這兩個字膨脹得很空洞。

「那些殺手，平常不殺人的時候到底在做什麼呢？」他皺眉。

他們平常也兼差另外一份工作嗎？另一個身分？

即使沒有別的工作，也有家庭的吧？也有朋友跟愛人的吧？

一旦需要跟其他人相處，就算不願意，也會消耗大量時間吧？

問題是，工作是殺死人類的「人」，有辦法跟一般人類好好相處嗎？

Mr. NeverDie坐在便利商店門口，手裡反覆捲著一份昨天的舊報紙。

「沒辦法的吧？」他咕噥。

那個被自己殺死的殺手阿莫，看起來就是一副平常就很認眞殺人的模樣。

而鄒哥，那一臉不快樂的老練，顯然也爲了仲介殺人的事忙得很。

大家都很認眞忙著份內的事……

自己呢？

Mr. NeverDie有股衝動想打電話問鄒哥，看看有沒有什麼具體的建議，但想必……鄒哥他不喜歡聽。他不喜歡聽。他不喜歡聽。

沒有人可以相處，少了很多麻煩，可該做些什麼事呢？

他還是想起了阿莫。

阿莫單槍匹馬，拿著一把槍，就將整個黑道事務所的小混混全給幹掉。

比人，比槍，比子彈數量，對方都凌駕在阿莫之上，但阿莫那冷靜開槍的氣勢，幾乎是每扣一次扳機就送掉一條命，簡單講就是專業。

若非自己在最惡劣的時機中脫胎換骨，從中作梗，阿莫將所有人的腦袋都轟爛後，吹吹槍口上的焦煙，揹揹油頭轉身就走。跟平常一樣，頂級殺手的姿態。

自己能夠殺死阿莫，完全就是強大的命運力量使然，跟實力無關。

那個阿莫，像這種時候肯定不會像自己一樣無聊吧。

哪來的悠閒時光？十之八九，他一定在練槍。

……練槍？

Mr. NeverDie的後腦勺，像是給火車撞上了。

這麼簡單就能打發無聊時光的事，自己怎麼一直沒能重新想起？

要以殺人維生，就該好好鑽研一下殺人的技術。

電影拍過許許多多殺手的故事，自己也親身遇過兩個。

一個很專業，一個很不專業——自己。

「好像，應該把身手再練一下？」他想起那幾天在那屋子裡勤練的空手道。

那個剛剛亂打死人的自己，腦袋反而比閒閒沒事幹的這個自己還要靈光，那時看著空手道DVD練習所流下的汗水，讓他活得非常充實。

話說回來，新學乍練的空手道還沒找過對象呢。

想著想著，好像有點重獲目標的感覺，他不禁摩拳擦掌了起來。

走在大馬路上，陽光有點刺眼，眼睛只能半睜。

「！」

一瞬間，他全身寒毛直豎。

每個毛細孔都像長了眼睛般，從四面八方、遠遠近近看著自己。

發生了什麼事？

鏡頭失焦，聚焦，以光速移形換位。

在Mr. NeverDie產生真正的意識前，他的膝蓋已急速繃緊，小腿肌肉抽動，整個人全力往上一跳，還不由自主在半空中側過了身，肩膀內縮，雙手抱頭。

感覺時間以不正常的斷裂，乍然停滯。

在彎彎曲曲的時間軸線上，那些琳瑯滿目的鏡頭天旋地轉了好幾番，其中幾個特殊位置的鏡頭快速格放、格放又格放，讓他明白什麼事正發生在自己身上。

「喔，原來如此。」

最後他輕輕摔落在地上，鼻子沾了一點石礫，眼睛看著地上的人孔蓋。

此時五公尺外的左手邊，傳來沉悶的轟隆一聲。

原來剛剛一台失控的計程車闖了紅燈，幾乎就要從後面撞上了他。

幾乎？

不，是真的撞上了他。

「……」Mr. NeverDie慢慢站起，拍拍沾在掌心上的沙土。

看看地上，一點點煞車痕都沒有，再看看撞上路邊消防栓才勉強停下來的車子，那車子整個車頭全毀，喇叭聲長鳴，冒出黑煙，附近路人面面相覷。

幾個路人拿起手機像是在報警，有的路人拿起手機，卻是在照相留念。

如果Mr. NeverDie剛剛沒有往上一跳，藉著物理慣性在車頂上無比順暢地滾了四五圈、再鵝毛般柔軟落地，現在說不定腸子撒了滿地，或至少已給撞斷了兩條腿。

差點被車給撞了，那九死一生的微妙感，以前也曾體驗過三次。

全身每一吋肌肉顫動，每一條神經傳遞反應，每一個細胞釋放能量，都爲了在千分之一秒中湊齊「生存要件」。

那種在絕對的「生」與「死」中奮力掙扎的刺激感，他愛透了。

回想起來，在拳打腳踢把那一個女人打死的時候，好像沒有這樣的刺激感？是了。

那種純粹暴力的亂打亂踢，哪有什麼生死之界的緊張感？

Mr. NeverDie走到計程車旁邊，看著頭破血流的司機昏倒在方向盤上。

「安全氣囊沒爆開啊？」

他笑了笑，什麼也沒做便走了。

12

很快，Mr. NeverDie新學的空手道就出現了練習的對象。

……或許也稱不上練習吧。

晚上九點，網咖前的紅磚人行道上，聚集了幾個高中生。

有的三七步站著，有的坐在欄杆上甩腳，有的無視路人大剌剌蹲在地上。

學校制服都還沒換下，就人手一根菸，大聲聊著剛剛在虛擬世界打怪的過程，聊著路過辣妹的大腿，吹噓著誰認識哪一個幫派的老大。

早沒了髮禁，每個高中生的頭髮都亂搞成一頭又一頭的鳥窩，小一點的養麻雀，大一點的可以住烏鴉，這些奇形怪狀的髮型，讓從學生時代起就爲了練田徑、屢屢把頭髮剃成平頭的Mr. NeverDie看不順眼。

不過所謂的髮型問題，也只是隨便找的理由罷了。

Mr. NeverDie直截了當走到那群高中生中間，手指點啊點的……

一、二、三、四、五……他裝模作樣數著。

「喂？衝蝦小？」一個把頭髮染綠的矮個子瞪著他。

六、七、八、九、十、十一……他的手指終於停下。沒了。

「喂喂？喂喂？你哪裡的？在問你啊！」坐在欄杆上的高個子皺眉，用菸指著Mr. NeverDie的鼻子。

這些放浪不羈的高中生，不約而同，用每天熟練的不悅不爽看著他。

Mr. NeverDie一點緊張感都沒有，那些「鏡頭」一個也沒打開。

就這十一個還不夠……

算了，勉勉強強吧，當作是練習一下空手道的正拳。

他注意到坐在欄杆上的那個高中生，耳朵上正掛著時下最流行的iPod。

嗯嗯，等一下就當作戰利品帶走吧，這樣就不算不專業的搶劫了。

「你們幾個，打我一個。」Mr. NeverDie笑笑。

「啊？」

每個高中生都以爲自己聽錯了。

「放心，我不會打死你們的。」Mr. NeverDie走向前一步，用誇張欠揍的嘴臉笑著說：

「不收錢就打死人，不專業啊。」

「你最好……」染綠髮的矮個子正要伸手推他。

Mr. NeverDie迅速擺出空手道的正拳姿勢，噗哧一笑：「最好怎樣？」

矮個子正要罵出口，Mr. NeverDie猛地一拳，將矮個子的臉整個往後轟倒。

「幹！」

所有人登時清醒，一擁而上。

這正是Mr. NeverDie想要的。

人行道成了一場大混戰的屠宰場。

年輕氣盛的高中生有的是激動的高劑量荷爾蒙，更多的是群起攻之的滿滿自信，如果給他們不顧一切撲倒在地，就算是跆拳道金牌國手也等著送醫院吧。

「好膽別跑！」一個高中生大叫，高高舉起拳頭。

「說給你自己聽！」Mr. NeverDie一掌朝那高中生的眼睛劈下。

「抱住他！」第一個被揍倒的矮個子從地上爬起。

「幹，給他死！」胖胖的男生一拳打了個空。

隱隱約約，有幾個懸浮在半空的鏡頭出現又消失。

很快，Mr. NeverDie在慌亂的閃躲與攻擊中忘記了空手道的架式，什麼中段正拳？什麼掌底？什麼手刀？什麼衝頂膝？什麼橫踢？統統都還給了教學DVD，每一拳每一腳又回復到了硬揍硬踢的流氓打架。

他秉持著絕對死不了的張狂兇性，將眼前十一個高中生當作不斷移動的沙包。

歷時兩分鐘的一對多大亂鬥，就在Mr. NeverDie摸著滿臉的鼻血下結束。

九個倒在地上的高中生，意識不清地哀號著。

兩個鼻青臉腫、站得遠遠不敢再靠近的同黨，擺出了架式，卻明顯失去了鬥志，渾身發抖。

「明天這個時候，我一樣會在這裡，你們儘管帶人來報仇……哈哈。」

他走之前，沒忘記撿起了地上機殼刮傷累累的iPod音樂播放器、跟名牌鐵三角的耳機，然後補了那爬不起來的高中生一腳。

Mr. NeverDie說：「對了，你，明天把充電的變壓器帶來，不要忘了啊……」

往後走了幾步，Mr. NeverDie還是忍不住走回屠殺現場，蹲下來，用原子筆在那高中生的手心上寫下「明天帶充電器」六個大字。

「真的，別忘了啊。」他又補了一腳。

那兩個還站著的高中生，只能目送Mr. NeverDie的背影大剌剌消失在街頭。

第二天，同樣時間，同樣地點。

十一個鼻青臉腫的高中生原班人馬站在網咖前面，只是每個人的手裡都多了根鐵條，或球棒，以及非得殺死對方才能吐一口惡氣的怒火。

Mr. NeverDie出現的時候，正在聽iPod裡的聯合公園Minutes to Midnight專輯，耳朵裡還塞著耳機，身體晃啊晃的。

「……」綠髮的矮個子冷笑，看著裝模作樣的他。

Mr. NeverDie用手指點了點人數，正好還是十一個整。

「那麼愛面子啊？」Mr. NeverDie有點失望：「還是沒朋友？」

綠髮的矮個子壓低聲音，像是花了很大力氣克制著殺氣：「昨天，我們有個朋友的眼睛，被你打瞎了一隻。他才十七歲，這件事……」

「喔，所以換成他替補上場？」Mr. NeverDie注意到一個特別高大的男生。

長得很魁梧，像隻大狗熊，如果台灣也流行橄欖球的話，他一定是先發。

一百九十公分高的大狗熊雙手，拿著兩把沉甸甸的機車大鎖，準備好要開工。

「他的眼睛，今天要你……」綠髮的矮個子緊握著手中的鐵棍。

「快沒電了，充電器有帶吧？」Mr. NeverDie看著被搶走iPod的那個高中生。

他只在意這件事。

眼前這十一個高中生，分不清誰先喊了第一聲打，一起衝了上去。

「嘿嘿，血氣方剛喔！」

他睜大眼睛，感覺身上的隱藏式命運鏡頭，一個一個綻放。

今天晚上，他還是沒能用出空手道。

事實上他也放棄了成爲一個功夫高手，如此不切實際的理想。

反正滿地都是無力還手的喪家之犬，一樣的結局，就如眼前所見。

頭痛欲裂，皮開肉綻，他渾身疼痛地體認到——只要擁有能將對方打倒、而自己不被打倒的力量，與技術，就是戰鬥的最高境界。

他走到一個被揍到屎尿齊出的高中生旁，伸手在他身上摸了老半天。

沒有。

沒有他想要的東西。

「是忘記帶？還是瞧不起我？」Mr. NeverDie嫌惡地說：「如果你明天再不帶充電器……」

Mr. NeverDie摸著好像斷掉的肋骨，扭曲著臉，搖搖晃晃走到大狗熊的旁邊。

接下來，大狗熊發出的慘叫聲，讓倒在地上的所有高中生嚇到痛哭。

「明天晚上，明天晚上啊……」

他一跛一跛，揚長而去。

第三天，不要命的時間與地點。

網咖前聚集的人數多了兩倍，大部分都是前兩天沒看過的生面孔。

那個應該帶著iPod充電器的高中生不在裡面，看來充電器今天也沒著落了。

這一次來的這二十幾個倒楣鬼，已不是高中生模樣。不知是從哪找來的打手，每個人都一副身經百戰的臭屁樣。

這幾個凶神惡煞手裡拿著的傢伙，除了球棒鐵棍外，也多了幾支用報紙隨便包好的開山刀，看來大夥兒已經抽籤過要由誰去坐牢了。

遠遠的，Mr. NeverDie就看見了這大陣仗，卻還是踱步走近。

「那麼多人，還拿刀？真當我金剛不壞啊。」Mr. NeverDie笑了出來。

笑的時候嘴巴很痛，嘴角腫了好大一塊，還沒來得及消掉又要再腫更大了。

看著傳說中以一打多的瘋子毫不畏懼走近，這些流氓混混心裡有點受傷。

自己這邊……完全被看扁了啊！

「街上少了個流浪漢，警察也不會在意的。」帶頭的惡棍朝地上啐了一口痰。

「他媽的真囂張啊，會不會是腦子有問題啊？」一個光頭摸著臉上的刺青。

「好幾天沒砍過人了，今天一定要見一下血啊。」拿著開山刀的混混獰笑。

這些倒楣高中生花錢找來的流氓打手，今天沒打算讓對方好手好腳離開。

對方殺氣騰騰，可今天Mr. NeverDie也不是赤手空拳。

他拎著兩大桶汽油，口袋裡躺了一只打火機。

走近，一觸即發的距離。

那刺鼻的汽油味讓眾惡煞面面相覷，手中的傢伙瞬間變得有點不稱頭似的。

Mr. NeverDie摔出汽油桶，汩汩汽油一下子洩了滿地，迅速蔓延到所有人腳邊。

「放心，只要快點叫救護車，都只是普通的燒燙傷啦！」

他大笑，扔下了打火機。

暴漲的盛大火光中，又叫又跳的街頭混混們朝Mr. NeverDie亂刀砍去。

刀光。

火光。

亂棍砸下。

皮膚燒焦的氣味。

眉毛裂開的血氣。

Mr. NeverDie享受著千鈞一髮的快感，彷彿所有毛細孔都在射精。

「哈哈哈哈哈哈！我不可能會死的！因爲我早就死啦！哈哈哈哈！」

他搶下刀，奪下棍，被刀砍，被棍揍。

鏡頭飛轉，樂此不疲。

第四天，沒有人來。

倒是有一台iPod充電器用塑膠袋裝著，放在烤得焦黑的地上。

13

終於，鬼子來了電話。

情報很簡單。

一個地址，一個時間，一個價錢。

「幾天了？這情報值得妳開的價嗎？我呸。」Mr. NeverDie很不以爲然。

「吃吃吃，行情而已啦，有點不容易呢。」鬼子近乎白痴地笑著。

沒辦法找一個擅長隱藏的人打架，Mr. NeverDie只好將那一小疊鈔票中的一大堆鈔票，用紅包袋裝著，拿去汀州路同一間影印店，入口同一台影印機的蓋板下面。

半個小時後，Mr. NeverDie接到了道謝的簡訊。

「貴死了。」他刪除了簡訊。

接下來，就是他的工作了。

陽光刺眼。

Mr. NeverDie戴著耳機，手臂黏掛著iPod，讓聯合公園的狂暴喧囂陪著他。

中永和，豫溪街。

那個偷了黑道大哥的錢的女人，花了一筆錢整了型，染白了頭髮，整個人看起來至少老了十幾歲，就算是那個錢被捲走了的黑道大哥當街撞上了她，恐怕一時之間也認她不出。那女人打算偷渡到對岸逍遙快活，再花錢把自己整成另一個漂亮模樣……不過她不會有那個機會了。

一點都不理會巷子裡密密麻麻的監視器，他選擇的路線毫不避諱，直走直行，連頭也沒低下來，比起覓食羚羊的獅子還要囂張。

四樓之三，二十八年的老公寓。

樓下門鎖著。

Mr. NeverDie沒有學過開鎖，連最簡單的木板門喇叭鎖都只能想得到「用踹的」，如果要等人開門、再一路尾隨進去，也不曉得還要等多久時間。

……他最缺乏的就是耐性。

Mr. NeverDie東看西看，現在是下午一點十五分，這小巷裡沒什麼人。

嘖嘖，難道眞的把門硬踹開來嗎？

此時，他放在口袋裡的手機響了。無來電顯示。

「吃吃吃，竟然不會開鎖嗎？」來自鬼子的恥笑。

「！」Mr. NeverDie霍然抬起頭。

「要不要介紹專業的小偷幫你上幾堂課，當然我也會抽一手囉。」鬼子笑。

她就像狙擊手一樣，又高又遠地拿著高倍率望遠鏡盯著自己吧？

可這附近都是一排又一排包括頂樓加蓋也不超過六樓的老公寓建築，哪來的高樓大廈？

Mr. NeverDie不斷往上張望，正午的陽光壓得他幾乎無法睜眼。

「妳在看我？」他不悅。

「吃吃吃，你身上的傷是怎麼回事？」

「……」Mr. NeverDie皺眉，依舊左顧右盼：「妳正拿著望遠鏡看我嗎？」

「吃吃吃，你找不到我的。」

「妳的工作已經結束了。」他放棄用肉眼尋找鬼子的身影，可還是不爽：「幹嘛還盯著我看？難道掩護我也是妳工作的一部分？」

「沒呢，掩護也要收費喔，不然我不是太虧了嗎？」鬼子聲音的背景，聽不出是在附近空地，還是在某個密閉的空間：「我只是，很好奇一個人怎麼會殺另一個素昧平生的人。看你們這種死沒人性的殺手做事，是我私人的小小研究，吃吃吃，吃吃吃。」

「……那妳就看吧。」不得其門而入的他有種出糗的灼熱感。

「吃吃吃，我有提過目標計畫要偷渡嗎？」

「沒。」

「不會開鎖的話，你可以趁她要搭船偷渡的時候再做事，海邊月黑風高，浪的聲音大，她怎麼尖叫都不會有人聽見喔吃吃吃。」鬼子滔滔不絕：「當然囉，想要調查她什麼時候搭船偷渡，在哪個海灣，吃吃吃還是要跟你收取一些工本費啦！」

「哼。」

Mr. NeverDie往後退，往後退，直到後腳跟碰到了對面公寓的牆壁。

這個距離，用來助跑勉強還行吧？

他獰笑，大腿與小腿肌肉快速收縮，衝出，一腳踏上停放在老公寓門口的機車坐墊，一下子就翻了上去。在光天化日下手腳並用，抓住了二樓的陽台。

鐵窗與外露的水管成了最方便的攀爬輔助，不到半分鐘他就爬到了鐵皮屋加蓋的簡陋天台，那裡只有一個水塔，通往樓下的門只有用鐵線圈將快鬆脫的圓板綁著。

雖然圓板生鏽了，天台這門還是得用五腳才能踢開。

手機自始至終都沒關。

「吃吃吃，做得不錯呢，不過踢開門板的聲音太大了，記一個缺點。」鬼子。

「……哼。」他慢慢從頂頭往下走到四樓。

他呆住了。

慘了，還有一個門。

最重要的門，立在殺手與目標之間的門，竟然沒有辦法打開。

「怎麼辦？出現了大問題喔！」鬼子嘲諷。

「……」Mr. NeverDie氣到不知道該說什麼。

「目標就在房子裡面，每三天才出門大採購一次，如果你不想坐在門口等大半天的話，吃吃吃，我可以幫你把門打開，一分鐘內搞定喔！」

Mr. NeverDie無話可說。該說自己是無地自容呢？還是丟臉丟到更火大。

鬼子也不再說話。她等著。

Mr. NeverDie一個人盯著眼前的大片鐵門。

這種藝術鍛造門至少鎖了兩層，各自用不同的鑰匙才能打開，硬要用腳踢破，又不是武俠小說，絕對絕對不可能。臨時也學不會偷偷開鎖了。

他拿起手機，壓低聲音：「不可能是免費服務吧？」

「吃吃吃，免費的話，那我不是太虧了嗎？」鬼子聽起來很樂。

其實也沒別的選擇，這就是不專業的下場。

「超過一分鐘的話，我一毛錢都不會付。」

「一言爲定。」

鬼子掛掉電話。

Mr. NeverDie看著手上的紅色塑膠手錶。

秒針刻動了區區十五下，他聽見屋子裡有手機鈴聲響起。

接下來是一陣雜亂的聲響。

秒針刻動了四十七下，他聽見門鎖機關正層層解開的聲音。

Mr. NeverDie往旁躲了一大步。

秒針逼近約定的時限，門打開。

一個白髮蒼蒼的中年女子提著一個隨時打包好了的黑色運動旅行袋，穿著球鞋與寬大的白色T恤，慌慌張張地踏出唯一安全的地界。

滿身汗臭的Mr. NeverDie，與打算轉移逃亡路線的目標，大眼瞪小眼。

「他媽的那麼快出來，害我多花一筆錢！」

他大怒，一拳揍下。

14

女人被扔在地板上。

她不敢尖叫，也不敢逃，她知道這兩種行動的代價只有讓自己更慘。

在過去的七年裡她就是這樣飽受同居人的拳頭，過著悲慘的人生。如果開口說要分手，絕對又是一陣粗暴的拳打腳踢……又不是沒這樣試過。

要幸福，就一定要分。

要分，就要徹底逃走，否則又是一頓狠打。

在逃走前捲走保險箱裡的一筆錢，女人自認那不過是屬於自己該得的一份，否則逃也逃不遠，就跟過去幾次逃走了還是被逮回去的下場一樣。

追尋自己的幸福的代價，嘖嘖，一切就要明朗。

Mr. NeverDie逕自從冰箱拿了罐運動飲料，大口大口地灌。

一下子就喝光了兩罐，然後是一盤從連鎖咖啡店買來的廉價草莓蛋糕。

「買妳命的人，要我先砍了妳兩隻手。」

他拿著吃到一半的蛋糕，大剌剌坐在桌上，居高臨下看著女人。

「求求你……」女人驚恐得連話都說不清楚。

「這個要求讓我很煩啊！」蛋糕太甜太膩了，Mr. NeverDie嫌惡地說：「妳覺得砍手的意思是什麼，是只要把手掌砍掉就算數了，還是從關節這邊砍？」

「拜託拜託……我求求你我求求你……我真的不敢了……」

「不過那也有點怪怪的，如果要砍手掌，就說他要砍掉妳的手掌就好了，不會說要砍妳的手。」頓了頓，他繼續說：「如果他的意思是從妳的關節砍就可以了，他應該會說，他要砍妳半隻手，半隻，不會是一整隻……是吧？」

Mr. NeverDie用右手手掌，輕輕地在左手的手臂上劃來劃去。

那個手勢，那些動作，讓女人害怕地發抖，連跪都跪不好。

「我的錢統統都給你，真的，我什麼都不要了！你放過我……我保證以後誰也找不到我，真的！你就說你已經殺了我吧……求求你我求求你……好心會有好報的……好心會有好報……」

「對，好心會有好報，我打算讓妳多活幾天。」

Mr. NeverDie拿出兩條黃色軟橡皮管。

他倒是記得事先去買這種東西，卻對自己不會開鎖這種事沒有想好解決方案。

本末倒置，只不過佔了他瘋狂性格裡的一小部分。

Mr. NeverDie用認眞的表情，將手中的黃色橡皮軟管，一拉，一扯。

「……」女人驚駭莫名地看著眼前的男人。

這表情，他很中意。

「把手砍掉，很容易就死了，妳一定要堅強點。」

15

菜刀廚房就有，不過不是很鋒利，又砍又剁的，搞得女人跟Mr. NeverDie都一身狼狽。

不幸中的大幸，浴室有個馬賽克碎磁磚的老式浴缸，在這個時候很管用，完事的時候他正好站在女人旁邊沖了個久違的熱水澡，一舉兩得。

距離上次洗澡已經快兩個禮拜了吧？他通體舒暢，只不過……

「喂，妳這個洗髮精味道也太娘了吧？」Mr. NeverDie用手指撥掉眉毛上的泡沫。

至於女人。

坐在浴缸裡的女人昏了過去，又痛醒過來，後來醒醒睡睡已分不清楚。

醒來時Mr. NeverDie餵了她一些牛奶跟水，有時還塞了一些餅乾在她口中。

睡的時候就儘管她睡，他樂得輕鬆。

「生命的每一刻都是奇蹟，不要輕易放棄啊！」

他每次進浴廁尿尿時就會嘉勉女人一番。

「……殺了……殺了我……」女人嘴唇發紫，臉色發白。

這是女人意識稍微清醒時，唯二能說出的完整句子。

「我不是已經在做了嗎？」Mr. NeverDie皺眉，將馬桶沖水。

上次住在目標房裡的經驗讓他深切明白，屍臭很麻煩。

如果依照約定將這個女人的雙手砍掉，女人一定很快就死了。一旦死了，只要過了兩天，屍體的氣味就會展開報復，直到一整罐芳香劑也無法擺平的時候，Mr. NeverDie只好棄守逃走。

所謂的屍臭，要從目標死亡的瞬間才會開始醞釀，在那之前，Mr. NeverDie決定盡其所能讓這個女人苟延殘喘下去。

所謂的盡其所能，也不過是綁了那兩條該死的橡皮管。

牢牢綁著橡皮管的上手臂早已發黑，傷口流出的膿血讓這女人因爲敗血病死去的機率開始高於失血過多，所幸她的意識已一團亂七八糟，連一句完整的話都說不清楚，要大叫救命更沒力氣。要開門……又沒手。

他在十六坪大的老公寓租房裡逍遙自在地活著，看電視，看書，做伏地挺身，仰臥起坐，呼呼大睡，用女人的手機打色情電話，上網看小說。

有時候還會出門採購一些日常用品，吃的喝的，其中包括兩盒從屈臣氏買來的感冒藥，跟一瓶強效殺蟲劑。

女人的額頭很燙很燙。

「白天喝伏冒熱飲，晚上呢，就吃伏冒加強錠。」Mr. NeverDie鼓舞著女人：「撐著點，絕對不可以小看生命。」

他用手指挖開女人的嘴巴，將泡了藥粉的牛奶倒進去女人的嘴裡。

女人將眼睛打開一條細細的縫，聲音糊成一團：「你……會……下地獄……」

「就算下地獄也沒妳慘啊。」他微笑，用殺蟲劑噴了女人全身。

Mr. NeverDie幻想著，早期預防早期治療，勝過事後補強。

從現在就做好防腐準備，沒事就噴一下消毒，總是勝過事後只噴芳香劑吧？

到了第三天。

女人還沒死，可也超過二十四個小時沒睜開過眼睛了。

對任何人來說，只剩下微弱的心跳與稀薄的呼吸，都不能算是生命的意義。

目標完全沒有逃脫的可能，Mr. NeverDie今晚待在屋子外面的時間特別久，渾身精力的他在附近的公園跑了一萬公尺，但就是覺得哪裡不對勁。

滿身大汗的Mr. NeverDie站在公園正中間的草坪上尿尿。

「不夠……不夠啊……」他的手指用力摳掉脖子上的燒傷結痂。

比起這種鳥不拉機的殺人工作，在街上找一群人打沒有意義的架，更爽。

這兩天再去活動活動筋骨吧？

他走進便利商店，先將一大堆琳瑯滿目的飲料掃進籃子裡，逛了起來。

手機響了。

依舊是無來電顯示。

「我觀察了你三天，你真的很變態耶吃吃吃。」鬼子劈頭就說。

「妳還在看我？除了我沒別的生意啊？」Mr. NeverDie的語氣很不屑。

「只是想告訴你，你啊，是我做這一行以來，看過數一數二變態的呢。」

「……」Mr. NeverDie嗤之以鼻：「這麼說起來，還有其他變態的傢伙？」

竟然有種奇妙的感覺。

被說變態很不爽，可如果要比變態，自己一定要比到第一才能消氣。

「不管外表看起來有多風雅，理由有多漂亮，把另一個人殺掉，某個程度都算是變態的啦

吃吃吃，像那個被很多人崇拜的殺手月，其實也該去掛號看心理醫生，哪來這麼自以爲是的人

啊。」鬼子說著說著，突然說：「你左手邊那罐高單位維他命正在特價喔，我自己也買了一

罐。」

「！」Mr. NeverDie嚇了一跳，東看西看。

現在這間便利商店裡，除了兩個店員外，就只有自己，跟一個正在雜誌區看免費報紙、穿

著上面寫著「我們的神：高樹瑪利亞」T恤的高胖阿宅。

他走到落地玻璃往外看，也沒發現什麼可疑人物……

「吃吃吃，你找不到我的。」鬼子洋洋得意地說。

是嗎？

Mr. NeverDie走到剛剛那瓶高單位維他命前面，慢慢往後轉，抬起頭，上面正好是一台店

家掛上的監視器。

原來如此。

「比起我，妳自己也很變態。」他對著監視器冷笑。

這個鬼子，大概是個功力超強的電腦駭客吧。

眞是個炫耀鬼。

「對了，看著目標慢慢的死，感覺會不會很恐怖啊？」鬼子追問。

「妳應該自己試試看，嘿嘿，會上癮的。」Mr. NeverDie有點驕傲。

能把事情做好的方法，就是好方法。

但如果還能得到一些意料之外的評價，不免讓他這種人得意起來。

「吃吃吃。據說你們做完事後，會收到一份叫蟬堡的小說。」鬼子。

「沒錯。」他將滿籃子的東西拿到櫃台結帳。

「能不能借我看啊？」

「借妳看的話，那我不是很虧嗎？」Mr. NeverDie學著鬼子的語氣。

「……吃吃吃，原來你也不笨嘛。」鬼子笑了：「多少錢賣我？」

來眞的啊。

「換妳下次免費幫我。」

「哪有人這樣的，那我不是很虧嗎？」

「嘿嘿。」

「一半，下次我打五折給你。」

「一言爲定。」

大包小包回到那女人的地方，浴缸裡的目標已經沒了氣。

「唉。」Mr. NeverDie頭開始痛了：「妳自己都不努力。」

看樣子，待在這個地方的時間，又要倒數計時了……

16

白天在那房子裡呼呼大睡，晚上呢，就是運動時間。

那三天的大亂鬥帶給Mr. NeverDie的快樂實在無可取代，越來越確定，Mr. NeverDie察覺到自己每天都有痛扁人的需求。

幸好這城市多的是人。

在暗巷裡毆打落單的尋常老百姓，才打了一次，就覺得超不過癮。

那個打工剛下班的大學生，才一腳就給Mr. NeverDie踢下了機車，毫無反擊，被打得臉貼地，還哭了出來。

「你平常都沒在練嗎?怎麼弱成那樣啊!」Mr. NeverDie氣到多打了對方一分鐘。

不夠。

於是立刻幹了第二次，就在隔壁街。

對方是一個明顯過胖的中年男子，雙手還拎著鼓鼓的便利商店塑膠袋。

「幹嘛？」中年肥男子瞪著突然擋路的他。

「……」Mr. NeverDie看了就有氣，於是痛扁了中年肥男子一頓。

普通人不夠看了。

渾身汗臭地走進酒吧，Mr. NeverDie走到一堆強烈的雄性荷爾蒙中。

他隨手拿了別人桌上的酒喝，左顧右盼。

五光十色，笑聲，杯子敲擊聲，電子音樂晃動了所有人的視線。

來這裡的人，有八成不是來花錢喝酒。

許多西方出產的白人黑人裝出爽朗的笑容，眼神不懷好意地在女孩們火辣的身材上打轉，時不時粗著脖子大聲說著世界上最強勢的語言，暗示他們老二的品種。

Mr. NeverDie注意到，一個正在吧台中間左擁右抱的粗壯黑人，至少有一百九十五公分高吧？或許有兩百公分。這黑人大笑的時候刻意露出兩排純白色的牙齒，肩上巨大的三角肌線條隨著笑聲激烈震動，看起來就是一副尚未進化完全的狠打樣。

沒有意外的話，他兩隻手環抱著的這兩個年輕女孩，今晚的人生體驗可精采。

那高大的黑人放下酒杯，先用力捏了兩個女孩的屁股一把，這才朝洗手間的方向走去。

Mr. NeverDie笑嘻嘻跟了進去。

十分鐘後，Mr. NeverDie從洗手間走回吧台，半張臉腫得像豬頭，還飆著鼻血。

雖然走出來的不是那個黑人，不過Mr. NeverDie的表情似乎不大高興。

「只不過是老二特別大隻，呸！」

專家的困擾，只有專家才有辦法解決。

爲了證明自己沒有練拳擊照樣可以痛扁職業拳擊手，Mr. NeverDie在加州健身房外堵了一個剛剛在世大運獲得銀牌的年輕拳手。

二話不說，先來一個飛踢當開場白。

「幹什麼啊你！」

銀牌拳擊手輕而易舉躲開，卻沒擺出架式。

「職業拳擊手的雙拳等同兇器不是嗎？不快點拿出來，可是很吃虧的啊！」

Mr. NeverDie抖動著肩膀，齜牙咧嘴地跳著。

銀牌拳手的刺拳如蜂螫，下勾拳像鉛錘，腳步俐落如舞。

——Mr. NeverDie被打得很慘，左眼足足兩天睜不開，吃什麼吐什麼。

至於那個擁有光明前程的年輕拳手，下半輩子都要靠鼻管進食。

對戰鬥的概念有了新的想法後，Mr. NeverDie沒有繼續練習空手道。

取而代之的，他衝進空手道館大幹了一場。

「請多多指教！」

Mr. NeverDie大笑，朝正在示範的黑帶七段的師父一鞠躬。

這下可好。

五分鐘後，他神智不清地衝破道場的窗戶，在滿地的碎玻璃中狂奔逃走。

「二十幾個黑帶一起上，果然還是太勉強了啊……哈哈哈哈！哈哈哈哈哈！」

他筋疲力竭前，猴子般攀上了一間老公寓頂樓。

之前那一間房子Mr. NeverDie無法再待下去了，屍體比臭雞蛋還臭。

鼻青臉腫，Mr. NeverDie在生鏽的水塔下昏睡了十七個小時。

落腳的地方有了新創意。

雖然拿到了餘款，但他已想到了另一種不花錢也能找地方睡的方法。

絕對是刻意挑釁，Mr. NeverDie尋找窗戶沒有裝鐵窗的房子，趁白天大家都去上班上課的時候，大大方方進去裡面洗澡睡覺、吃光人家冰箱裡的東西，常常也順手換一套乾淨的衣褲再走。

有時候他的膽子甚至大到，房子裡面明明有別的人在別的房間活動，他照樣鬼鬼祟祟溜進去裡面，找個暫時無人的房間睡個覺、大個便再走。

他完全不怕留下蛛絲馬跡。

除了無可救藥的自信，Mr. NeverDie意外發現他的指紋起了奇異的變化。

雙手手指上的指紋，一天比一天淡去。

連腳趾上的指紋也沒例外，好像就快要消失一樣。

這個新發現讓他得意不已。

「說不定，除了指紋，我的血型也跟以前不一樣呢？還是突變成沒有人看過的血型？哈哈，要是我的DNA構造也變了，那就太厲害啦！下次有機會殺到醫生，至少請他驗看看血型好了，哈哈哈哈哈！」

Mr. NeverDie沾沾自喜，篤信死神名冊裡徹徹底底沒了他的名字。

17

不睡覺、不吃飯也不扁人的時候，時間還是很多很多。

一般的田徑場已經滿足不了Mr. NeverDie。

「跑一萬公尺個屁啊……體力再好的人，照樣被我幹掉。」

他半個屁股坐在高樓的露台邊緣上，睥睨著底下密密麻麻的人蟻。

這可是到處手腳並用、找地方睡覺洗澡時突然萌發的靈感。

台北的城市上層，比起城市下層要有趣得多，充滿了天線，高壓電線，廣告招牌，鐵窗，氣密窗，水塔，花盆，頂樓加蓋，石綿瓦，遮雨棚……

充滿了高低，凹凸著層次，滿佈著靜謐的危險。

他發明了新的遊戲。

一個只適合他的單人遊戲。

像蜘蛛人一樣，他在這座城市上空不斷奔跑。

一個小時之內馬拉松式地激烈奔跑，在這六十分鐘——也就是三千六百秒之間，每一秒都不能停下腳步。

遇到絕對無法跳躍過去的建築物間距，就當機立斷閃往旁邊。

或左。

或右。

「怕什麼！不可能會死的！」

遇到突然低陷下去的樓層，他便豪邁地跳了下去。

全重力下墜，在半空中再尋找落下時可靠的支撐物。

沒有支撐物，他便隨機應變摔下去，滾到自然停又繼續往前跑。

「上帝讓我永生不死，才能證明祂很偉大啊！」

遇到猛地高上去的大樓，他就壁虎遊牆一樣吸附上去，抓什麼上什麼。

遇到半開的窗戶不妨衝進去，再從屋子裡另一扇窗戶衝出來。

「沒道理包恩❶可以，我辦不到啊！哈哈果然！」

遇到鐵窗就爬一下，遇到氣密窗就小心地貼一下。

遇到水管電線就當樹爬，每一種外牆的建材用料他都摸得熟透。

「嘻嘻嘻嘻，這種遊戲也有世界紀錄的嗎？嘻嘻嘻嘻……」

抓到曬衣竿，就當撐竿跳耍一下。

田徑場上的十項全能不僅全用上了，還施展得淋漓盡致。

他運用所有學習過的肉體技術去克服城市上空的阻礙，天資過人的他，即使是完全沒有學習過的肉體技術，在「需要」的關鍵時刻也一點不難。

比如攀岩所需要的怪物指力，比如吊環鎖需要的動態視覺與臂力，比如平衡木上的肌肉柔軟度……

❶電影〈神鬼認證〉中的主角，是一個訓練有素的諜報人員。

「哈哈哈剛剛差一點就死啦！哈哈哈哈哈死神眞的不認得我啊！」

有一句話說：「隔行如隔山。」

可也有一句話：「一法通，萬法通。」

相信前者，你的精神意志便自我阻絕。

信仰後者，奇蹟就可能在千萬分之一中突變產生。

這種危險的城市飛逐遊戲，需要精神集中力與絕佳的體能。

凌駕於精神與肉體之上，更重要的，是超級又超級的好運氣。

三千六百秒的死亡競技中，只要差一點點……差一點點一點點……錯失零點五公分，抑或零點五秒，「絕對不死的傳說」就會變成一個笑話。

某個午後，適合曬棉被跟殺人的好天氣，Mr. NeverDie站在某個死者的陽台上，大口大口挖著布丁吃。

手機響了。

鬼子總是想到就打電話過來。

「你身上的傷痕，又多了不少呢吃吃吃。」

「這是我的事。」

「吃吃吃，不殺人的時候，你都在做什麼啊？」

「妳不是最擅長蒐集情報嗎？稍微做點調查就會知道了吧。」

「我才不要免費做調查呢，那不是太虧了嗎？」

「呸。」

「回歸正題，吃吃吃，昨天你做完事，拿到了最新的蟬堡了吧？」

「晚點就拿去影印店，妳急什麼？老規矩，一半。」

「吃吃吃，一半一半。」

是的，又做事了。

這幾個月來，Mr. NeverDie接了不少窮極無聊的單子。

他殺了一個即將更改大筆遺產繼承人的退伍老兵，在老眷村裡悠閒自在地住了五天。就跟以前一樣，睡死者的床，開死者的冰箱，在死者的旁邊洗澡。

一個無限期延宕劇本、害慘整個劇組的小編劇，脖子很細，就算Mr. NeverDie沒有技巧地扭，也只用了三十秒就折斷了他的頸椎。

附帶一提，他很喜歡小編劇家裡的全套OSIM按摩器材，抓腳的、抓頭的、按摩眼睛的，甚至還有一張奇怪的電動搖屁股坐墊。

一個整天喝酒鬧事的不肖子，由他老邁的父母親自下單。可喝醉的人未免也太好殺，Mr. NeverDie不費吹灰之力就把他揍昏，扔進大排水溝沖到濁水溪，讓老天爺補刀。

「七日一殺」的冷面佛，也貢獻了幾張芝麻綠豆大的小單。比如傳染感冒給他的酒家媽媽桑，比如不小心將汽油九八加成九五的笨笨打工小弟，比如任憑手中牽著的狗在冷面佛豪華轎車輪胎上尿尿的妙齡女子……統統都死了。

死得非常不值得。

18

所有幹殺手的人，至少都還有普通人的一面，體內寄生著某型態的日常生活。

不要小看「日常生活」。

日常生活支撐了許多人類的精神內在，穩定了某種很重要的、不讓人發瘋的東西。讓許多人恍惚老闆的冷眼冷語下乖順地上班下班，令許多人不由自主順著固定的路線上下學，催眠很多人跟早已沒有感覺的另一半同床共枕。

讓很多人徹底麻木自己的庸俗。

但Mr. NeverDie，除了呼呼大睡的幾個小時，完全沒有眞正穩定下來的時刻。

無法麻木。

他渴望腎上腺素。

他走到某個死者家樓下的小粥攤，吃了一碗皮蛋瘦肉粥。

吃的時候，Mr. NeverDie的眼睛一直打量著賣粥的中年大叔。

「在幾秒以內，我可以制伏這個男人？」他暗忖。

二十五秒？

不。

二十二秒就綽綽有餘了吧？

在便利商店買個飲料，付帳時，Mr. NeverDie的眼神同樣評價著收錢的小弟。

「先生，要不要吸管？」小弟漫不經心地問，手中拿著發票。

「……」他漠然地看著小弟的手臂……還挺粗的。

十六秒？

「先生？吸管？」

「……」

Mr. Neverdie搖搖頭，在腦海裡暗自處決了眼前的小弟。

十四秒。

至多十四秒。

除了自己以外的所有人類，Mr. NeverDie都當成可以被殺掉的目標。

原則上沒錯，但怎麼想怎麼怪。

許多殺手視之爲珍寶的神秘小說「蟬堡」亦不足以作爲Mr. NeverDie的精神食糧。他隨便翻翻隨便看，賤價出讓給鬼子，換取半價折扣的情報。

在他的心裡，有某個東西正在崩潰，或早已蕩然無存。

也有某個瘋狂正無限膨脹……

這天下午，Mr. NeverDie一如往常，興奮地打開郵局裡的租用信箱。

信箱裡，一如往常的牛皮紙袋。

一如往常的一疊鈔票，一如往常的幾張照片。

一如往常的，照片上是個普通至極的目標。

三十八歲的中年男子，從事裝潢業，什麼原因被裝進牛皮紙袋裡啥也沒提。

夠了。

到底都是從小魚慢慢宰起，越宰越大，得到認同後才能宰大白鯊的吧？

這個道理小學生都明白。問題是，要抵達夠資格殺真正強悍的目標的時間，不曉得還有多久，這個不曉得令Mr. NeverDie非常火大，非常非常火大。

夠了。

真的夠了。

他捏爛了照片。

站在電線桿上，看著十幾隻麻雀在高壓電線上排排站。

努力克制激動的情緒，Mr. NeverDie拿著手機。

「鄒哥，我已經快發瘋了。」

「……是嗎？」

「你給我的工作都太簡單了，媽的，讓我開始出現一些錯覺。」

「什麼錯覺？」

「太簡單的殺人，讓我覺得自己不像個殺手，像個殺人犯。」

「殺了人還硬住在人家家裡不走，不像殺人犯，像神經病。」

這點倒是難以否認。

只不過，人生有很多的只不過。

「……鄒哥，我到底要怎麼樣才能證明我很行？」

「等。」

「你要不要看我每天都怎麼出生入死的自我訓練？就算……」

「等。」

鄒哥掛掉電話。

被掛電話的不爽，Mr. NeverDie全發洩在那一個三十八歲的中年男子上。

當著大街上三十幾個路人面，戴著安全帽的Mr. NeverDie從正面接近那男子。

兩個人只剩下一個箭步的距離。

「喂，我要殺你。」Mr. NeverDie大聲說。

「？」男子怔了一下，還往後看了一眼。

Mr. NeverDie一拳正中男子咽喉。

在人來人往的路口紅綠燈前，Mr. NeverDie將男子當街活活打死。

歷時七十四秒的狂風暴雨快打，沒有人膽敢插手，沒有人敢出聲阻止。

取而代之的，三十多聲道立體環繞效果的尖叫聲大大滿足了他。

Mr. NeverDie一腳踩著死者模糊的臉孔，雙手澎湃高舉，好像得了奧斯卡。

也許這傢伙眞眞正正發了瘋。

但，現在他是這個城市裡每個人的麻煩了。

19

浴室傳來淅瀝嘩啦的水聲。

一片狼藉的床上，渾身赤裸的鄒哥看著不斷重播的晚間新聞。

……自己竟然收了這種傢伙。

當街殺人，他可不是第一個。

可超過一分鐘硬把人用拳頭給打死，這種人，腦子一定有病。

無法看到自己的表情，鄒哥在手機上按了幾個數字。

他有必要找個人討論一下。

一個在此時此刻當作朋友，比當業界競爭對手還要恰當百倍的老友。

「九十九，看了晚間新聞了吧？」

「喔，那瘋子？」

「那瘋子。」

「哈，是你的人啊？」

「我不喜歡他，送給你。」

「嘖嘖，是我的問題嗎？我可沒聽出這是個問句。」

「不是問句，我送給你。」

「我這裡已經有個龍盜了，謝謝。頭痛藥吃太多，遲早掛號去洗腎。」

「……這麼說就是不幫忙？」

「不是不幫，只是每個人都有適合的單子嘛。神經病也有市場的。」

「……」

殺手這行業，原本就不適合正常人。

幹這一行的，或多或少，都有些異於常人之處。

幾年間，偶爾會出現一兩個異數中的異數，造成大家很多麻煩。

「對了，那個神經病怎麼稱呼？」

「他稱他自己叫Mr. NeverDie。」

「NeverDie？死不了？」

「他很篤定自己絕對不可能死掉，因爲他已經死過一次。」

兩人大笑幾聲。

九十九笑得很開心，鄒哥則是陪笑得很無奈。

電話那頭的九十九似乎對這個當街殺人的瘋子產生了興趣，問了很多關於Mr. NeverDie的事情，鄒哥一邊嘆氣，一邊說了兩人被迫相識的過程。

「他覺得他死不了？那眞有趣，我認識一個心理醫生，說不準可以治好他。」

「治好？這個神經病特別滿意他的神經病，包準不去看。」

電話那頭的九十九沉默了片刻。

鄒哥拿著電視遙控器，隨意在幾家新聞台跳來跳去。

「死不了的話，就派他去穩死不活的場子做事啊。」

「……」

同樣是殺手經紀人的九十九，罕見地給了鄒哥這樣的建議。

有的經紀人非常保護手底下的殺手，太艱難的單子不接，免得一去無回。

有的經紀人標榜什麼單都接，使命必達——天底下沒有絕對殺不了的人。

想也知道，後者向雇主洽收的價錢一定比前者高。

但經紀人什麼單都接，不表示手底下的殺人專家眞的能夠使命必達。許多優秀的殺手在特別困難的目標面前，一個又一個以生命終結清了帳，經紀人賺了前金，卻損失了搖錢樹。

九十九與鄒哥之所以能維持亦敵亦友的關係，最大原因就是兩人都是非常保護底下殺手的經紀人，他們希望大家都能長命百歲，一邊宰人一邊存錢，在完成制約後能夠過著愉快的退休生活。

「如果底下的人想好好活命，我們才需要多替他著想吧？」九十九淡淡地說。

「話是這麼說。」

「還是，你覺得他是一個可以慢慢導正的人？」

慢慢導正？

或許吧。

但鄒哥一點也不想花時間，花精神，去導正一個令阿莫無法安享天年的瘋子。

「九十九。」

「嗯？」

「我覺得，這個神經病遲早闖出大禍。」

「能闖出十年前那個黑色星期三那麼大的禍嗎？」

「給點具體的建議吧。」

「兩天前我推掉一張燙手的單子。要不，我等一下聯絡那個雇主，請他跟你聯繫看看，如果你接下，仲介費我也不跟你收了，就當我包的奠儀。」

「這麼燙？」

「這麼燙。」

女人正好洗完澡出來。

鄒哥一手將手機扔在床頭，一手揭開女人身上的浴袍。

再來一次吧。

然後倒頭就睡，暫時用這個方法忘記那個令人煩躁的晚間新聞……

20

蹲在高高的水塔上，他吃著剛剛從樓下陌生人冰箱裡偷出來的冰棒。

舌頭舔著冰，眼睛盯著左手邊五十公尺外的一間頂樓小屋。

他的視力可比高空中的老鷹，在這個距離內小屋有任何動靜都一清二楚。

電話響了，只可能是兩個人。

Mr. NeverDie接起。

「在幹嘛啊？」鬼子的聲音。

「吃冰。」他很冷漠。

「吃吃吃，我看了晚間新聞啦，你喔，打得好兇喔。」

「呸。我打他的時候，妳不是用路口監視器看了嗎？」他不屑。

「在新聞上看到你，當然比較酷啊吃吃吃。」鬼子笑了。

話說不管有沒有任務，鬼子越來越常打電話跟Mr. NeverDie瞎抬槓。

這不壞，Mr. NeverDie已很少跟人類正常聊天……雖然他們的對話也不見得正常，但至少還確定是語言的交流。

「對了對了，吃吃吃，我很好奇一件事耶。」鬼子抬高聲音。

「好奇個屁。」他舔著冰棒的尾巴，有點意猶未盡。

「太兇了喔！我都還沒開口問呢，吃吃吃。」

「……」

「你到底是誰啊？沒有名字，讓我很難查起耶。」鬼子開了個頭，就自己說了個沒完：「我查了最近幾年待過神經病院的人，好像都沒有像你這種超自以爲是的病例，還是你在神經病院的時候，得的不是現在這種病啊？」

「……」Mr. NeverDie淡淡地說：「我幹妳娘。」

「吃吃吃，你這個人怎麼這樣啊。還有還有啊，我也查了受刑人跟通緝犯的相關資料，哇，好多人可以查喔，眞的眞的好多喔！不過不管我怎麼縮小範圍，就是沒有找到體力像你這麼好的神經病耶，你眞的好會藏喔吃吃吃。」

鬼子蒐集分析情報的能力，Mr. NeverDie是最清楚的。

不過鬼子當然找不到自己……

「我勸妳不要打探我的底細……嘿嘿，我啊，是個很恐怖的人！」

Mr. NeverDie沒有說的是，不管有多恐怖，他其實也不算是人。他很可能是這個世界上唯一一個介於人與神之間，或人與鬼之間的，某個奇怪的無法類屬……或許是他的自以爲吧。

「還有還有啊，你也沒問過我的名字耶？我們都合作這麼久了，你連叫我一聲鬼子也沒有過吃吃吃，想不想我告訴你呀？」

「我呸。」他看著那間白色的頂樓小屋。

今天竟然沒人。

「……超沒禮貌的。」鬼子笑得花枝亂顫：「雖然你問了我也不會告訴你啦，免費告訴你的話，我不是太虧了嗎？」

有病的其實是妳吧？Mr. NeverDie掛掉電話。

冰棒吃光了，只剩下一根扁木頭，他隨手扔了。

眼睛還是在那間頂樓小屋上飄來飄去。

「今天沒人啊……」Mr. NeverDie喃喃自語。

是一間刺青店。

他注意這一間刺青店，有一段時間了。

在Mr. NeverDie於這個城市上空到處遊蕩時，於靠近永和四號公園的舊街區裡，發現在兩棟至少有三十年老公寓的頂樓，有一間橫跨兩棟樓的頂樓加蓋。

佔地很大，大概有五十坪左右吧？

雖然是頂樓加蓋，卻是間獨立的房子，裝模作樣地砌上了刻意仿古的磚牆，還用純白色的漆平平整整塗得很乾淨，加了一塊大玻璃嵌在屋頂上，採光簡直無可匹敵。

房子的四周圍種著花，除了攀上屋頂的牽牛花外，什麼花Mr. NeverDie沒有研究也沒有興趣，不過那一大片白色的、黃色的、跟紅色的花配起來，顏色還挺不刺眼。

整體看起來，若不是門口用一塊畫布寫著「刺青店」三個字，看起來眞像一間懶得走任何風格的小咖啡店。

「……刺青店，眞好笑。」他打了個嗝。

一般的刺青店都開在燈光昏暗的一樓街角，或是黑黑的地下室，有時候那種地方越有神秘的氣氛，越容易招徠顧客，窗明几淨反而與刺青所象徵的個人神秘主義格格不入。

可這一間刺青店開在這麼高的地方，怎麼吸引客人？

顯然，刺青店的老闆不是完全不懂做生意，就是太有自信，認爲潛在的客人都可以靠口碑互相介紹而來。

起先是那一大片玻璃屋頂在陽光下閃閃發光，吸引了Mr. NeverDie的目光，再來就是那個寫著「刺青店」三字的畫布招牌，徹底讓他笑了。是故Mr. NeverDie在玩「城市上空狂奔極限賽」，渾身大汗衝過這個區域時，總會朝店裡瞥一眼，好奇裡面有沒有客人？

客人，有的。

每次經過，都有客人在裡頭，男的，女的，老的，年輕的，胖的，瘦的。

店裡總只有一個客人，感覺起來就像是事先預約，令人意外。

刺青店老闆是個女人，多少歲數太遠了看不出來，長得好不好看也看不出來，只曉得每一個找她刺青的人，都得用黑布蒙著眼睛——這肯定是不想在刺青完成前被顧客看見半成品的模樣、才有的特殊要求吧？

罕見地，現在店裡沒客人。

女刺青師穿著寬大及膝的大T恤，盤腿坐在竹編的長沙發上，翻著看不出名堂的大本雜誌、或書。伸手可及的地方沒有茶几，只隨意在靠腳的地上放了一大只透明水壺，跟一個馬克杯。

這個狀態，已經持續了半個多小時。

「是在等人呢？還是今天真的沒客人？」Mr. NeverDie瞇起眼睛。

決定了。

今天是刺青的好天氣。

Mr. NeverDie像一隻多了青蛙彈腿的壁虎，又黏又跳地，最後踩著隔壁房子屋頂一躍而下，雙腳蹲落在加蓋小屋前。

最後這個落地畢竟有些突兀，坐在屋裡的女刺青師下意識看向屋外。

「……」女刺青師打量著這個不速之客。

只不過她還是盤著腿坐，拿著剛剛斟滿水的馬克杯，只是眼睛動了個方向。

Mr. NeverDie推開門。

他本以爲自己可以大剌剌地喊著：「我要刺青。」然後一屁股坐下來袒胸露背，可不知怎地，進了這間屋子，他竟然有點不自在。

女刺青師年紀不大，約三十歲左右吧，不過有可能是屬於長相比實際年齡還要輕很多的那一類輕熟女，長髮披肩，腿很細長。素素的一張臉，沒有一點妝彩在她的臉上，正好顯得女刺青師五官間一股淡淡的……不屑。

不過讓Mr. NeverDie感到不自在的，不是出在女刺青師那一股渾然天成的不屑，而是這屋子未免也太過安靜。

沒有音樂，沒有廣播，只有微風輕輕拍打老窗戶的聲響。

「你是從外面爬進來的吧？」女刺青師慢慢將馬克杯放在腳邊。

「是啊。」Mr. NeverDie倒是大言不慚地承認。

「前幾天一直有人在附近不要命跑來跑去，那個人就是你吧？」女刺青師站起，順手將一頭長髮往後一紮，用尋常的橡皮筋綁了個馬尾。

他愣了一下，隨即咧開嘴：「是啊。」

雖然自己並不是神出鬼沒，而是大大方方地在這個城市上空狂跑，但自己奔跑速度與地點又快又離奇，這個把店開在頂樓的白痴女人，竟然有辦法注意到這種事……嘖嘖。

「我要刺青。」Mr. NeverDie終於說了正題。

「……這樣啊。」女刺青師微微皺眉。

「沒預約不行嗎？」他轉頭朝門口看了一眼。

「那倒不是。」

至於理由，一時之間她還眞難以說出口。

女刺青師面無表情拉了一張椅子過來，像是猶豫了一下，又將椅子拉了回去。

房間裡瀰漫著一股刺鼻的臭味，任誰都無法受得了。

「你又臭又髒，先去洗澡，不然傷口很容易感染。」她指著屋子一角。

「一般人的話，傷口感染會怎樣？」他雙手扠腰。

「皮膚潰爛，發燒，最嚴重的話，當然會死。」

他可得意了：「我可不是一般人，嘿嘿，嘿嘿。」

白了他一眼，女刺青師逕自坐下，一手拿起雜誌，一手指著浴室的位置。

沒轍了。

Mr. NeverDie只得乖乖去淋浴間將自己沖了個乾淨，只花了兩分鐘。

他濕答答地從淋浴間赤裸走出來，心想，如果自己不是自詡爲專家，絕對不幹免費的殺人勾當，否則等一下一定把這個目中無人的刺青師拳打腳踢到死。

「滿意了吧？」Mr. NeverDie瞪了女刺青師一眼。

「擦乾。」女刺青師遞上一塊白色大毛巾，無視男人的裸體。

有一張床，平常都是那些客人在用的，Mr. NeverDie沒等招呼就自己趴了上去。

刺青所需要的工具都放在床邊的小木椅上，幾瓶顏料，針筆，消毒棉布……

「我想想……」女刺青師凝視著男人赤裸的背部，陷入思考。

她得想想。

有時候她會在腦中構思半個小時，有時她想都不想、刺了再說。

Mr. NeverDie打了個呵欠，問：「有沒有妳之前的作品集？我看著選。」

他只是擁有想刺青的心情，卻沒想好要刺什麼，就跟他之前做任何事差不多莽撞。或許刺點猖狂一點的圖案？史前怪獸之類的？

女刺青師淡淡地說：「我刺青，不收錢很久了。」

Mr. NeverDie怔了一下，脫口：「哪來這種事？」

女刺青師凝視著Mr. NeverDie滿佈傷疤的背肌。

……不會錯，這個人身上的疤痕都是最近幾個月發生的。

有的傷口深，有的傷口淺，有的絕對是被刀刺傷，有的像是被火燒過，有的痂才剛剛結好、上面還覆著一層薄膜，而這些新傷舊傷加起來令人怵目驚心，一看就知道統統沒有經過良好的醫療處理，才會留下這麼亂七八糟的狀態。

有趣的身體……該刺些什麼好呢？

女刺青師慢慢說道：「你看到的那些人，都是我在網路上貼出徵人啓事，再付錢請他們過來，讓我在他們的身上刺青。」

這可聞所未聞，Mr. NeverDie頓時覺得有趣極了。

「妳幫人刺青眞的不用錢？」他覺得好笑。

「不，是他們收錢，讓我用他們的身體創作。」她觀察著他的頸子。

Mr. NeverDie的頸子很粗，肌肉厚厚一圈、紮實地包覆在頸骨上。

這麼強壯的脖子，就算受到了強烈的打擊，一時之間也不會昏厥吧？

她看著，想著。

如果刺在頸子上，什麼圖案合適呢？

「付錢叫別人讓妳刺青？哈哈！我從來沒聽過這種事！」Mr. NeverDie哈哈大笑，覺得自己眞是來對了，又說道：「所以妳是一個刺青的生手？專門付錢找人充當妳的實驗品？虧妳想得出來！」

「刺青是我的興趣，不是我的職業。」

女刺青師顯然回答過很多次這個問題，也不生氣，只是繼續她的人體觀察。

她捧起了Mr. NeverDie的手，端詳著。

這個男人的強壯手臂，感覺像是從事攀岩的運動員，手指關節長了很多粗繭，尤其拳骨的部分明顯是破皮破皮又破皮後、表皮皮膚與底下的骨骼聯合產生了特殊的繭化，這種繭化只會出現在——整天赤裸裸毆打別人的拳頭身上！

手。

背。

腳。

頸。

這個人，很強壯。

一個人被稱「強壯」，只是一個籠統的形容。

扣除形而上的「心靈的強壯」，「身體的強壯」有很多面向。

比如說，有些人的強壯，適合跳躍，表現在腿部的肌肉特別發達。

可光是擅長跳躍的強壯，又可細分為擅長跳遠的強壯、跳高的強壯、連續跨越高物的強壯、無助跑立定跳的強壯——甚至是擅長安全著地的逆跳躍的強壯。

有些人的強壯，力拔千鈞，肩膀粗實有如岩塊，背闊肌像金屬砲彈一樣。可所謂的力拔千鈞又分很多類型，有舉起重物的強壯、投擲重物的強壯、扛起重物的強壯、抵禦重物衝擊的強壯。

而這些不同性質的強壯，都會隱藏在不同區域的肌肉群裡，逃不過她的眼睛。

有些人的強壯，表現在一般人不曾想像過的面向上。

比如能承受攻擊的能耐異常的高，這也是一種弱者的強壯。比如從受傷到復元所需要的時間可怕的短，這也是一種傷者的強壯。比如在冰天雪地下默默獨行十個小時，也是一種北極熊式的強壯。比如在深水裡閉氣潛行好幾分鐘，這可是鯨魚式的強壯。

女刺青師看多了身體，在肌肉粗糙的痕跡上看到了各式各樣的強壯。

可這個男人的「強壯」呢？

他的肌肉，強壯得非常均勻，每一個肌肉群組都很發達，卻又不會過度生長、令某些強壯的肌肉去妨礙到附近肌肉的功能，這種絕對勻稱的狀態絕對不是在健身房裡、藉用人造器具的溫室鍛鍊便能達到，而是貨眞價實的「戰鬥」。

或許吧。

或許這個男人偶爾被自己看見、在附近屋頂亂跑亂跳的神經病行徑可以解釋。

更或許，這個男人身上琳瑯滿目的傷痕也可以一併做出解釋。

如果要用一個名詞去概括這個男人的強壯，那麼，這個名詞就該是⋯⋯

「生命力」吧？

這種歷經痛苦而飽滿生命力的身體，她⋯⋯

女刺青師沉默了許久。

Mr. NeverDie倒是開口了。

「嘿嘿，我該不會是妳看過的身體裡，最強壯的吧？」Mr. NeverDie得意地笑。

「也許吧。」女刺青師用了也許。

「也許？」Mr. NeverDie鼻孔噴氣，他不信。

「也許。」她拿起針筆。

也許，眼前的確是她所見過最勻稱的一堆肌肉。

但，最強壯呢？

有一個男人的肌肉極其特殊。

那個男人身上的肌肉構造，全都是爲了出拳——每一塊肌肉，每一塊骨骼，都是爲了朝敵人身上砸出那麼快速絕倫的一拳，而生長構成的。

這個世界上不管是誰，都捱不起那一記充滿刺鼻硝煙味的拳頭。

比鐵，更像鐵。

「那，我是該付錢給妳呢？還是……」Mr. NeverDie開口。

「還是一樣，我付錢給你。」女刺青師說著反覆說過無數次的話：「既然是我付錢給你，我刺什麼在你身上，你都不能反對，後悔了也不干我的事。只是要刺什麼，我得再……慢慢想一想。」

說了要慢慢想，可是女刺青師還眞想了好久好久。

這個男人的身體，充滿了混亂的靈感。

肌肉好像充滿了戰鬥的刻痕，卻又不充沛戰鬥的時間情懷。換句話說，這身體所累積下來的東西不夠資格稱爲歷史，卻充滿了極大的能量，像是要拚命追趕著什麼很厲害的東西似的……

夸父追日？拿著夜叉屠龍的惡魔？巨大化的核爆蟑螂？

被輻射線照射到的史前猿人？對著火山口怒吼的鱷魚？

還是盡情揮灑一下沒有中心主旨的抽象刺青？

Mr. NeverDie是一個充滿好奇的人，他很好奇女刺青師最後會在這個自由命題底下，爲他的身體做出何種答案。

偏偏，Mr. NeverDie同時也是一個很沒耐性的人。

「不知道要刺什麼的話，就刺自由吧。」他終於忍不住。

「不自由嗎？」女刺青師問。

「不，非常自由。」

「通常缺乏愛的人，才會想在身上刺上愛。怕死的人會在身上刺上黑白無常。缺乏慈悲心的人特別愛將菩薩跟佛像刺在身上。」

「我很自由，所以恨不得所有人都知道我終於徹底自由了。」Mr. NeverDie閉上眼睛，嘴角微揚：「我想住在什麼地方，想睡在誰的床，想在誰的馬桶上大便，來去自如啊！只要我願意，誰都阻止不了我，表面上是居無定所，卻又哪裡都可以盡情霸佔——我不自由，誰是？」

「原來如此。」

很久沒有按照別人的意思刺青了。

女刺青師拿起一條黑布：「那麼，請你蒙眼。」

21

常常，人無法決定該怎麼活著。

也無法猜想到自己會如何死去。

守株待兔，是最簡單，也最安全的做事方法。

有去無回的單，關鍵往往在於「時間」。

Mr. NeverDie到影印店，逕自拿了二十八張A4紙，走到附近的麥當勞坐下細讀。

二十八張A4紙上都畫滿了三棟建築物的各種細節，圖案物件還用許多文字繁複地註記，單位人數部署、交接時間、路線解說、重要開關位置、所需最短時間等等。

還有貼心的小叮嚀，用黃色、紅筆、綠筆——以紅綠燈的概念，圈圈畫畫提示。

要去「那裡」做事，是通往地獄的捷徑。

這次的前金，超過以往每一次接單的總和。

而這二十八張通往地獄捷徑所費不貲，要了Mr. NeverDie超過四分之一的前金。

另外還有四分之一Mr. NeverDie也得掏出，換取來自鬼子的即時情報。

「妳也太坑人了吧？」Mr. NeverDie在手機裡狠狠地說。

「這次不坑你，以後也坑不到啦！反正不給我，你也沒命花吃吃吃。」鬼子嘻嘻。這可是眞心話。

「這次拿到的蟑堡，我要抵至少十次服務。」他的手指順著視線，在資料紙上緩緩移動。

他讀得很慢，每一行資訊都貴得要死。

「吃吃吃，抵十次，那我不是太虧了嗎？」鬼子吃吃吃地笑：「不過啊，這次若能拿得到的話，吃吃吃，說不定會一口氣拿到半本蟑堡喔！」

那些資料，Mr. NeverDie先看了好幾次，鬼子在電話裡又跟他鉅細靡遺解說了一次。

兩個人正經八百討論了很久，可不管怎麼討論，無論從哪個路線偷偷潛入，遇到的阻礙都太多太多，只要一被發現，那些阻礙就會以好幾十倍的力量串連起來，就算Mr. NeverDie無懼那些阻礙，目標肯定也會「被移動」到他找不到的地方。

認眞說起來，怎麼可能不被發現？只是早晚問題。

一個小時過去了，他們總共討論出三條可行的路線方案。

這三個方案各有利弊，唯一相同之處，便是……

「要記住，如果你在衝任何一個關卡時比預計的時間多花十秒才通過，就一定會失敗喔吃吃吃。」鬼子結論，又說：「而且啊，你最好現在就決定要用哪一個路線，然後我們專心討論那一個路線就好吃吃吃，免得浪費時間很虧！」

「怎麼看，這三個路線，都不是做事最短的路線……」

「最短的話，方案三最短。」

「不夠。」

「?」

「不夠短。」他掛掉手機。

Mr. NeverDie連續翻著那二十八張A4資料，從裡面抽出比例尺最大的那一張。

想都不想，他拿起紅色簽字筆，從「那裡」的外面直接畫出一條赤紅的線，直截了當貫穿進擁有重重關卡的「那裡」，直達目標所在地。

拿起手機，對著那張資料紙拍了一張照片，即時傳輸給鬼子。

半分鐘後，手機響起。

「你眞的是神經病呢。」鬼子劈頭就說，還忘了吃吃吃。

「那才是最短的路線。」Mr. NeverDie嘿嘿嘿地笑。

「好吧好吧，絕對不會有人想到，有人敢從正面進去。」鬼子不管了。

「是——絕對不會有人想到，有人有辦法從正面攻進去！」他用力大笑。

「吃吃吃，只是提醒你喔，你要去死我也隨便啦，不過這一次，你不可能赤手空拳去做事，不然在你遇到目標之前就會先死十次了喔吃吃吃！」鬼子的腦子裡，也開始思考最新那一條赤色路線的可行性。

「……」這點Mr. NeverDie只認同一半。

的確，這次要赤手空拳宰掉目標，實在是太困難了。

至於「先死十次」嘛，他呸！

還是那麼一句——他都已經貨眞價實死過了，自然不可能再死一次。

「需要槍嗎？我去找來賣你吃吃吃。」鬼子說得直接：「當然是賣貴啦！」

「需要個屁。」

他心知肚明，自己是來不及學會用槍了。

直覺上，用刀好了。

當初那一群小混混用來砍自己的開山刀跟西瓜刀，好像蠻好用的。

雖然自己用菜刀剁過人，可那次是把對方綁起來好好地剁手，不大能算數，要用刀砍殺對方的話，還是得找個眞正的血肉之軀砍一砍，體驗一下實戰的感覺。

嗯嗯，等一下就去買一下刀，半夜再遛達去公園找幾個小混混砍一砍。

結束對話，不坐了，膩了。

他將那二十八張A4草草對摺，厚厚一疊塞進自己的口袋裡，將早就不冰的可樂灌進肚子裡，去廁所大了個便。

說了時間是最關鍵的壓力。

只剩下三天就非得展開行動不可，這三天必須找個好地方睡足精神，晚上不如就摸進建商展示的樣品屋大睡特睡吧，那裡的床都還蠻好躺的。

一想到要硬闖進去「那裡」，腦中就自動播放槍林彈雨的電影畫面，到時候那些「全視角鏡頭」肯定會團團將自己包圍住，不管是數量還是角度切換，一定遠遠超過以前每一次的危急時刻吧。

Mr. NeverDie不自覺全身發熱。

等等……等等……

那些畫面，還缺少一些非常重要的聲光效果。

他拿起手機，按下回撥。

「手榴彈。」

Mr. NeverDie興奮到發抖的聲音：「妳找得到手榴彈吧？」

22

「早！益哥！」

穿著黑色制服的男人大聲喊道：「益哥今天氣色不錯，哈哈！」

「早啊益哥！」

另一個穿著黑色制服的男人躬身，爲眼前的高瘦子開門。

高瘦子也不答腔，只是用眼神帶了帶，大步跨門走進餐廳，身後還魚貫跟著一大排人。

他一進餐廳，所經之處大家都站了起來，低聲說著：「益哥好。」「益哥早安。」「益哥安好。」神色無不恭謹。

這個威風八面的高瘦子，自然是黑色制服人口中的益哥了。

他一坐下，大家才坐下。

他一吃飯，大家才吃飯。

蹲下，Mr. NeverDie將鞋帶繫好。

牢牢打了一個蝴蝶結，然後再慎重其事打上第二個結。

左腳，右腳。

薄薄的風衣運動外套，今天除了風之外，還真的什麼也擋不了。

這幾天吃早飯，氣氛都特別不一樣，大家都不敢將頭抬起，只是低頭猛扒飯，深怕飄來飄去的眼神觸到了不該冒犯的人物，招來一頓洩恨的毒打。

益哥一邊抽菸，一邊夾起蔥蛋送進口中。

這裡可不是什麼好地方，就算是強者如益哥，敢這樣一邊抽菸一邊吃炒蔥蛋，不光是熬個十年八年就可以熬出來的特權，若非今天是益哥的大日子，要囂張成這種模樣也不容易。

菸只剩下半個屁股。

益哥打了個嗝，看向正在桌子間走來走去巡視的黑色制服人，早餐便結束。

「回房整理床鋪！快快快，動作了啊！」黑色制服人嚷嚷。

大家拿著餐盤，安安靜靜走出餐廳。

只剩下幾桌人沒走，黑色制服人也當沒看見。

益哥張手，菸立刻奉上，身後的小弟趕緊遞上了火。

幾個看起來同樣架式十足的人物，相互使了個眼色，走了過來。

益哥就要走了，等他喬的事情卻越來越多。

Mr. NeverDie摸著耳朵上的藍芽耳機。

「氣象預報說，今天是大晴天呢。」鬼子的聲音。

「哼。」他抬起頭。

「但看起來，可能會下雨喔吃吃吃。」

「哼。」

一個小時前還是好天氣。現在卻烏雲密佈，空氣溼潤溫熱。

連上帝都抓不準今天是雨是晴啊……

背包很重很重，肩背帶跟背包之間的接縫還是特殊強化過的針織法，才不會整個遭地心引力拉垮，令幾十顆手榴彈唏哩呼嚕邊跑邊掉。

兩把小砍刀簡單掛在腰上。

除非遇上最後的目標，非必要，這兩把刀絕對不抽出來砍。

要知道，多了任何一件東西在手上，都很破壞狂奔的最佳平衡與速度。

除了那割喉一刀，Mr. NeverDie想將所有的時間都花在亡命衝刺上。

這裡是監獄。

擁有天下第一監赫赫惡名的，土城肅德監獄。

警衛數量冠霸全台，荷槍實彈，電網高築，碎玻璃刀牆，關卡森嚴可比軍事要塞。

就在午飯過後，唯一令所有獄中幫會人物服氣的大人物就要出監了，在外面等著益哥的是花花綠綠的大好江山，而他留給這座監獄的，是巨大權力的空缺。

沒有權力會找不到它的主人，只要有機會分食，每個人都想分一杯羹。

此時正是肅德監獄風雲變色的分界點。

是益哥稱霸外面江湖的潛在高潮，卻也是益哥在獄中威望的唯一谷底。

「益哥，一路順風，這裡大小事你儘管放心。」油光滿面的男人笑得可燦爛，身後兩個小弟高高挺起胸膛。

「益哥，先恭喜你，也羨慕你啊。」光頭男人拱手，身後站了兩個小弟。

「益哥的恩情，我白臉一日不敢或忘。」一個白白淨淨書生模樣的男人拱手，身後同樣站了兩個小弟。

「益哥！我粗人不會說話，總之謝謝！謝謝！」黑熊樣的高壯男人朗聲說道，他即使坐下了也跟一般人一樣高，帶的兩個小弟也是人高馬大。

「益哥，這幾年承蒙你照顧了。」一個男人笑笑露出滿口焦黑的牙齒，拱了拱手，身後也帶了兩個小弟。

幾個獄中角頭老大輪流祝賀，有的發自肺腑，有的做做場面。

益哥擺了擺手。

「行了行了，大家外面見。」

背上還是癢癢的。

前天才刺上去的大大「自由」兩字，像螞蟻一樣在肉與痂之間爬來咬去。

「今天的監視器超多喔，吃吃吃。」鬼子好意提醒。

「……知道。」Mr. NeverDie拿起黑色顏料漆，朝臉上一塗。

數三秒，他的五官立刻漆黑扁平，只剩下一對瘋狂的狼眼。

他看著塑膠手錶，幾乎無法冷靜下來。

心跳越來越快，還沒起跑，呼吸就急促如進入第七回的拳擊手。

監獄外跟監獄內的世界差不了多少，黑社會就是黑社會。

鬼道盟實力又雜又強，金牌老大帶領的黑湖幫錢多人多，冷面佛麾下的情義門冷酷殘暴，軍系大老幕後操縱的洪門與政壇關係根深蒂固，號稱江湖四大黑幫。這四大黑幫同樣複製了另一套在肅德監獄裡。

以鬼道盟的背景，益哥進監二十年，受盡了前十年的烏煙瘴氣，終於在這最後十年統治了肅德最黑暗的一面。

不管你在外面混的是哪個幫派，只要進了這鬼地方，益哥是唯一被承認的最高勢力，四大幫會在肅德裡的百般鬥爭，也因爲益哥的存在產生了長期的平衡。

肅德獄方清楚明白這一點，需要借助益哥的地方越多，益哥獲得的權力也越多，變成黑白兩道都不能或缺的「仲裁者」與「中介者」。

黑社會畢竟是黑社會，益哥在肅德漫長的二十年裡，當然幹了很多骯髒醜事，可也幫過太多太多重要的黑幫份子在監獄裡有好日子過，不分幫派，大家都對他十分感激。

以益哥當初入獄的理由，跟他重量級的老輩分，一旦重回外面的世界，肯定是鬼道盟一大山頭的帶頭大哥，有很大機會在下一次的幫會選舉中問鼎幫主。加上他在監獄時期與其他幫會建立起革命情感，擁有跨幫會的超實力。

再過幾個小時，詻哥就要離開肅德，去外面的世界取得更大百倍的權力。

可是，再過幾個小時，肅德就要沒了詻哥。

一個沒了詻哥的地方，有很多人想當下一個詻哥。

差不多了。

眼前所殺之處，進去難，出去更難。

至於全身而退則是萬不可能。

秒針再順勢前進一圈，不論成敗，這件事都將成爲殺手史上最囂張的傳說。

他的皮膚滾燙。

他的呼吸灼熱。

「神經病先生，趁你變成蜂窩前問你一件事喔！」鬼子還是很聒噪。

「我幹妳娘。」

Mr. NeverDie雙手撐地，左腳前，右腳後，屁股高高翹起。

像一張蓄滿七分力量的弓。

「我說益哥，是不是真的讓申屠做大？」

白臉書生模樣的男人面無表情。

「益哥說給申屠當老大，當然就是給申屠當老大！」那個人高馬大、黑熊樣的男人大聲說：「總之我支持益哥，支持申屠老大！」

黑熊樣的高壯男人，用熱烈支持的眼神看著坐在益哥左手邊的人物。

那油光滿面的人物微微點頭，表示感謝。自然是申屠了。

「哇操，還支持益哥，支持申屠大咧！」露出滿口黑齒的中年人抖著腳，不屑道：「別老是一個名字綁另一個名字，老往申屠臉上貼金好不好？看了噁心，你那麼愛申屠，脫下褲子讓他搞啊。」

「幹你娘！你說啥！」黑熊樣的男人滿臉漲紅。

益哥皺眉。

「益哥說給申屠自然會說給申屠，可益哥什麼也沒說清楚。」光頭的男人用雙手拍打自己的光腦袋，啪啪啪啪作響：「平常大家一樣孝敬益哥，我就不相信益哥會不秉公處理，把他的位子傳給申屠！是吧益哥！」

益哥看了光頭一眼，似是不滿他話中有話。

只這個眼神，立刻就有兩三隻眼睛順著益哥的勢，一起瞪著那造次的光頭。

才兩三隻眼睛啊……益哥皺眉。

「我想益哥不會不清楚大家的立場。」白面書生又開口了。

這說話精這麼一說，大家的眼睛都看向他。

「益哥，這幾年大家敬你服你，是眞的敬你服你，在這裡不分幫會，有誰不服氣益哥，大家都一鼻孔出氣，是吧？」白臉書生淡淡地說：「可我們對益哥的敬意，不代表就可以跟著益哥一句話，就隨隨便便轉到了另一個人身上。益哥是益哥，別人是別人，就算今天益哥說要傳位子給我，我也沒臉接，也不敢接？爲什麼？」

是啊，爲什麼？

各角頭老大都豎起耳朵。

「因爲根本沒有位子可以接啊！」白面書生的眼睛毫不迴避益哥的眼神，繼續說道：「說句難聽話，這裡哪有什麼老大位子？不管是鬼道盟、情義門、洪門還是黑湖幫，在這裡大家都各憑本事，各自帶好自己的小弟，大家不是敬重益哥你的鬼道盟，是敬重益哥你啊！我們敬重的不是益哥的位子，是益哥的爲人。」

白面書生這話說得厲害，既大大捧了益哥一下，留了面子，又爲大家爭了益哥走後的權力空間，大家紛紛點頭稱是，就連益哥也不禁微微點頭。

只有申屠跟擁護申屠的一派人馬面色難看。

「說得好，我們敬重的的確是益哥的為人！」黑齒男順勢而為。

「我說，益哥，你走你的，剩下來的我們自己看著辦。」光頭人也推一把。

「怎麼辦！益哥一走我第一個抄你！」黑熊男朝著光頭人豎起中指。

「……」叫申屠的油臉男子打量著這些人的嘴臉，心中一大把怒火。

「益哥，你自己怎麼看？」還是白臉書生最聰明。

怎麼看？

益哥熄了菸。

「吃吃吃，你不當殺手的制約，到底是什麼呀？」

「我呸！免費告訴妳的話，那我不是太虧了嗎？」

他深呼吸，肌肉慢慢綳縮起來。

弓已弦緊。

九成。

「那麼神秘啊……吃吃吃……學人精，學人精！」鬼子笑得花枝亂顫。

眼睛看著正門。

秒針只剩下十個刻度。

「除非太陽從西邊出來，除非一萬隻烏鴉同時朝我飛過來！」

Mr. NeverDie惡狠狠地大笑：「要不然，這輩子我就大開殺戒到底啦！」

數千個鏡頭如大砲般隆隆拱起。

雷響。

傳說衝出。

23

下雨了。

這場預料之外的大雨，讓空氣瞬間充滿了泥土的氣味。

益哥的腦子裡，老練地轉著。

自己刻意培養申屠當接班人，也不是一個月兩個月的事，原以爲大家會信服這樣的安排，沒想到，大家對權力的慾望會旺盛到這種地步。

……其實也不是沒想到，自己跟這些混帳相處這麼久了，怎麼會不曉得每個人都想接自己的位、誰也不讓誰？只是原以爲大家會賣他一個表面上的面子，等他出獄後，再開始鬥，屆時若鬥倒了申屠，再給自己一個勉強說得過去的理由行了。反正自己在獄外逍遙自在，申屠若倒了，他媽的干他屁事。心照不宣行了。

王八蛋，這幾個臭小子比自己所了解的，還要心浮氣躁。

算一算，眼前這幾個角頭老大無論如何都會在十年內全數出獄，出獄後，若存著一份對自己的感激之情，江湖再見，自然大有利用之處。

說起來，自己倒是沒必要為了一個申屠，去壞了自己跟這些角頭老大的關係。

轟隆。

這聲巨大的雷響，響得未免也太近了吧？

大家不約而同朝著雷響的北方看去，只有益哥一個人沒有轉頭。

益哥又點了根菸。

「接班嘛……各憑實力，可以。」益哥低沉著嗓子。

大家屏息聽之。

「要你們和和氣氣，似乎也辦不到，我誰啊？是吧，一個一腳踏出監獄的老人。」益哥自嘲，視線掃過每個角頭老大一遍：「不過，監獄有監獄的規矩，這規矩也不是我一個人定下來的，是大家一起說好的，是吧？你們要鬥，全都得照著老規矩來。」

聽到這，除了申屠，每個老大都精神抖擻了起來。

轟隆。

又是一聲誇張的巨大雷響。

外面好像大大騷動了起來，不過這次每個人都聚精會神看著益哥，動也不動。

「照著老規矩來，鬥呢，就會有鬥的分寸。不照著老規矩來的，大家同難一場，我也不說難聽話，我在外頭看著辦。」益哥淡淡地說：「有誰不同意？」

哪來的不同意，除了申屠，個個眉開眼笑。

「益哥公道！不愧是益哥！」

「放心吧益哥，我們一定照著老規矩。」

「……益哥這麼說，我也沒有意見。還是謝謝益哥提拔。」

「放心吧申屠老大，我黑熊還是靠你那！」

「是啊，一定照著規矩，規矩嘛是吧！定下來就是給人照辦用的。」

益哥點點頭，這面子是拿到了。

拿到了面子，還得顯顯最後的威風。

「還有，一個條件。」益哥緩緩吸了口菸。

大家瞬間靜了下來。

益哥吐出濃濁的菸氣。

轟隆。

轟隆。

轟隆。

越來越大的雷聲，像是開玩笑地接近這間餐廳。

大概是太過巨大的雷響觸動了監獄的警報器，四下鳴聲大作。

站在門口監視這群大哥大開接班會議的兩個警衛，面面相覷。

「一年，我給你們一年時間。」

益哥表情嚴肅，說：「如果鬥超過一年還鬥不出個結果，我就按照自己的意思指定誰當總仲裁人，免得鬥久了大傷和氣，對所有人都不好。」

這句話的結尾，沒有「大家同意嗎」或「大家意下如何」。

沒有空間，沒有曖昧。

於是每個角頭老大都只有猛點頭的份，尤其申屠點頭如搗蒜。

益哥伸出手，拳骨敲了敲桌子。三聲。

所有角頭老大跟著伸手，依樣在餐桌邊緣敲了敲三下，象徵結誓。

有違者三世不得好死。

「那麼，我老益就……」

益哥微笑，站了起來，大家也趕緊站了起來。

轟隆！

這聲震耳欲聾的雷響大到不可思議，快速衝擊耳膜，連地板都晃了起來。

所有人呆呆往左邊一看。

餐廳門口整個遭「雷」擊毀，到處都是警衛的屍體碎塊，灰煙瀰漫。

「張天獈！」

一頭惡魔樣的黑影從嗆鼻的灰煙裡衝出。

離奇的巨變令人頭暈目眩，每個角頭老大都轉不過神來，站都站不穩。

只有聽到自己名字的獈哥，直覺地仰起臉，看著那道不斷逼近的黑影。

獈哥睜大眼睛。

那惡魔也睜大眼睛。

四目相接。

「下去！」

24

時速四十，車上的廣播開著。

「新聞快報！今天早上七點，有一群持槍歹徒衝進台北土城肅德監獄，由於歹徒火力強大，並疑似使用手榴彈等爆裂物，造成多名警衛與受刑人死亡與輕重傷。警方初步判斷，歹徒受過專業軍事訓練，人數至少在五人以上，目前爲止還沒有發現歹徒的下落……」

「現在插播一則重大社會新聞，今天早上七點十三分，台北土城肅德監獄發生了一起重大恐怖攻擊事件。數名擁有重裝武器的歹徒衝進監獄，與獄方發生激烈槍戰，至少有四名警衛與十二名受刑人死亡，多人輕重傷，警方並不排除這起重大犯罪事件與國際恐怖攻擊活動的關聯，後續相關新聞請持續注意本台報導……」

這台黃色計程車，已經在市區繞啊繞的，繞了十幾分鐘。

司機頗有深意地看著後照鏡裡的男人。

「……截至目前爲止，警方研判歹徒至少有十人以上，不排除獄方有內神通外鬼的情形，而根據目擊者指出，歹徒使用的武器包括了手榴彈與烏茲衝鋒槍……」

「……歹徒組織嚴謹，持有的火箭筒更是威力強大，造成多人死亡，犯案動機不明，不排除是尋仇，或是有其他政治性目的，警方已會同軍事單位與國際犯罪專家……」

「……遭到恐怖份子襲擊的肅德監獄公佈了警衛與受刑人的死亡名單，其中最引人注目的，就是前鬼道盟的大老張天益。張天益今年五十七歲，過去犯下多起恐嚇取財、公共危險與殺人罪，被判處無期徒刑，原定今天中午服刑二十年期滿出獄，不料卻遭到恐怖攻擊事件的波及，據了解……」

「行政院院長與法務部部長已趕往現場進行了解，民眾可以透過攝影機畫面看到，肅德監獄現在是一片混亂，可以看見許多地方都呈現遭到激烈攻擊的痕跡，獄方表示，將不排除盡速將受刑人暫時移往其他的監獄安置，但現階段以配合警方調查……」

後座的男人全身白灰與石屑，一身狼狽，看起來相當糟糕的傷口髒污了坐墊。

「傷得不輕……這單子很棘手吧。」司機微笑。

「……少廢話。」

受傷的男人左手摀著腹部的彈孔，右手摀著肩上的彈孔，用力壓著血管。

至於貫穿右大腿的彈孔就沒手照應了，只能瞪眼看它飆血。

混帳，自己的確是死也死不了。

可是這些坑坑疤疤超痛的，痛得隨時都想扯開喉嚨大叫。

「送你去醫院？」司機握著方向盤，淡淡地說。

「……」男人痛得眼淚猛流，可沒有手擦。

「我知道有一些醫院，專門收你這種人。」油門放緩，司機慢條斯理地說：「不過單子這麼大，現在就算把你送去，他們也不敢收。」

「……你要嘛閉嘴，要嘛想辦法幫我把子彈拿出來！」

男人臉上的淚水跟汗已經分不清，好像痛到無法控制尿意。

若不是實在是太痛太痛了，這種程度的失血早就令男人失去意識。

沒有停車，司機只是騰出右手打開副座上的置物間，拿出一盒急救箱。

司機將簡單的急救箱往後一扔，輕輕砸中了男人的額頭。

「還能說話……那就自己搞定囉。」

司機莞爾，繼續開他的計程車。

繞啊繞的……

25

有「理由」買益哥人頭的，沒有十個，也有八個。

只要益哥一踏出肅德，鬼道盟的版圖就要大地震。

光是說益哥自己的鬼道盟吧。

當年鬼道盟的老幫主身中十幾刀喪命，外頭都傳說是黑湖幫動的手。第二天，身爲鬼道盟大老之一的益哥絲毫不眷戀原本極可能問鼎的新任幫主大位，帶了一群小弟衝到黑湖幫地盤上的「絕代風華」酒店，大開殺戒，還把酒店燒個精光。

這一來，益哥不僅報了大仇，更大挫黑湖幫銳氣。益哥扛著這黃金理由入獄，威風八面，鬼道盟更放話要益哥出來掌大旗，一統江湖。

物換星移。

鬼道盟裡的當權派，比如黑金立委瑯鐺大仔，疑心病超重的白吊子，底下亡命之徒最多的薛哥，買毒賣毒的魔鬼凌少，以及擁有兩間豪華大酒店的肥佬張，都不樂見出獄的益哥出來分一杯羹。

別的幫派老大，也不爽錏哥重踏江湖。

這二十年，除了不斷吸取鬼道盟入獄的血液，錏哥在獄中培養了新的跨幫派勢力，錏哥也不只一次在獄中提到……

「唉，看看你們，看看我，現在的幫派跟以前不一樣囉！我一個老頭子出去，怎麼好意思再去吃鬼道盟的飯？要吃，也想捧著自己的碗。」錏哥喝著典獄長親手送來的紅酒，若有所思地說：「到時候你們出去了，找不到地方去，看得起我老錏呢，就來看看我老錏混得怎麼樣……」

每次錏哥這麼一說，所有人都大聲叫好。

錏哥出獄了，若眞不回山頭林立的鬼道盟，一旦他登高一呼，說要組一個全新的大幫派，一大堆受過恩惠的小弟都會靠攏過去，許多小幫派都會瞬間崩解，原來的四大幫會也不免地震。

而這個新幫派，足以威脅到黑社會多年來的恐怖平衡，不想看見錏哥崛起的黑幫大角頭，每個人都有足夠的理由將鈔票裝滿麻袋，送到殺手的手中。

問題是——只要益哥出獄，要殺他，衍生出的麻煩事會非常非常複雜。

一個幫會大老被做掉，往往意味著一場大火併。

一場大火併之後，就是延長加賽，跨幫會，跨派系，十幾二十場的大慘鬥。

即便是殺人如吃飯的冷面佛，絕大部分時間也遵守著這個黑社會潛規則——儘管濫殺別的幫派的小堂口小嘍囉，也不買對方老大的人頭。

要殺益哥，只有趁益哥還在監獄的時候動手，不能等他出來。

派遣殺手到監獄做事，聽也沒聽過。

主要的原因，有二：

一、殺手犯不著冒如此奇險。

二、是根本不需要這麼做。

牢籠裡的幫派文化甚至比牢籠外的世界還要森嚴、殘酷，彼此生氣相通，若外頭的幫派要一個犯人死，只要透過管道下達格殺令，裡面自有人會照著辦，甚至搶著辦。

不比外面，在鐵籠裡被盯上的人想逃也無處去，只有束手就死。

歷來在肅德監獄裡被殺死、再偽裝成承受不了壓力自殺的囚犯，沒有一百，也有八十。獄方在過程裡往往也扮演著重要的幫兇角色。

問題是，益哥恐怕是肅德裡最難被動的人物——每個囚犯、獄方都擁護他，若是被監獄裡的任何人知道有人要殺益哥，要出賣益哥，還不如賣一個人情給益哥，逮出試圖行兇者，可以讓自己在獄中好過一百倍。

——唯殺之道，只有請無關肅德的殺手，想辦法摸進去宰了益哥。

這張單子，躺在殺手經紀人九十九的口袋裡，有好一陣子了。

而九十九，可不是拿到這張單子的第一個殺手經紀。在他之前已有兩個殺手經紀推掉這張燙得要命的大單，理由不外乎不想看到辛苦栽培的殺手送命、或完全看不見成功的機率。

最後只有鄒哥。

只有鄒哥打了電話。

「你眞不會死？」

「不會。」

「一個小時後，去開信箱。」

「哈哈！」

「若能回來，以後你就……不必等。」

罕見的，那些看似聳動至極的新聞遠遠比沒有實際發生的事情，還要離奇震撼。

新聞不斷更新又更新，加油添醋，復又快速修正。

到了晚上，警方終於確定了犯案的歹徒僅僅只一個人。

那個男人，單槍匹馬，從「正面」攻進全台灣最大的監獄。

雖然他揹了一大袋威力驚人的手榴彈，誰都不能說他卑鄙。

透過監視器畫面可知，手榴彈在那男人的手中扔來扔去，既炸開前方的牆壁強行開路，也扔了好幾枚手榴彈到幾十公尺外的警衛室，直接炸掉好幾顆荷槍實彈的警衛腦袋，無論是臂力還是準度都十分驚人。

不只是關鍵的三間警衛室，餐廳、澡堂、五間大囚房、電牆、工廠，全都挨了炸，就在獄方焦頭爛額之際，不曉得到底發生什麼事的囚犯也發狂暴動了，聞著腳邊燒焦的屍體，看著牆上破開的大洞，在傾盆大雨中嘶吼著要逃。

那些天殺的手榴彈不只幫歹徒開路，還幫他把退路統統炸開。

誰都不能說他卑鄙。

絕對無法說他卑鄙。

因爲他只有區區一個人。

只這一天，區區這一個人，掠奪了所有台灣媒體的頭條與時段。

只這一天，一個無名的通緝犯，已跟最令政府頭痛的殺手，月，分庭抗禮。

「你那個瘋子，幹得眞是驚天動地。」

九十九乾了手中啤酒，看著吧台牆上的電視新聞。

SNG車塞滿了一半的畫面，剩下的畫面則拉滿了黃色封鎖線。

「據說他在計程車上用小刀跟鑷子，自己把子彈都挖出來了，還挖到昏倒。」

鄒哥也乾了手中啤酒，看著電視畫面中蜂擁而上的麥克風。

政府官員輪流在鏡頭前支支吾吾，漲紅著臉做出氣急敗壞的緝兇保證。

「哇，這樣也沒死？」九十九大笑。

「這樣也沒死。」鄒哥也笑了出來。

今天，星期五。

從此每個殺手都知道——不死的星期五。

26

蟑螂也不過如此吧。

從床上第十七次爬起來後，喝光了冰箱裡最後一瓶牛奶，還是過期兩天的。

打開窗戶，陽光不錯，刺得他頭暈目眩。

「應該吃點眞正的食物了。」他自言自語，看著紅了一大片的床。

昏昏的頭靠著牆，斜著身子，Mr. NeverDie一手抓著寶特瓶，一手抓著老二，閉上眼睛。

許久，身子哆嗦了好大一下。

他將盛滿金黃色液體的寶特瓶往地上橫著一放，腳一踢，那寶特瓶滾著滾著，滾到了那對男女的腳邊才停住。

Mr. NeverDie慢慢蹲了下來。

地板上五花大綁了一對男女，他們餓得頭昏眼花，只剩下用眼神求饒的力氣。

這對男女是這間商務小套房的「暫時主人」，平常各有家庭，這小套房是這男的按月租下，專用來跟這女的溜班偷情用的。

偷情終究有報應，可他們沒料到這報應悽慘如斯。

正當全台灣兩千多萬人都在瘋炸獄新聞時，他們還忙著做愛，只是他們做愛做到一半時被這個只剩十分之一條命的男人踢門闖入。被看到活春宮很倒楣，更倒楣是這個要死不活的男人決定強制徵收這個房間養傷。

四天過去了。

前兩天，這對狗男女滴水未進，屎尿都拉在地上。

到了第三天，他們才弄懂這男人爲什麼老是用寶特瓶蒐集尿液的用意。

「那個，差不多了，我要走了。」

Mr. NeverDie揉揉眼睛，疲倦地打呵欠：「這幾天辛苦啦。」

他慢慢摳掉黏在這對狗男女嘴上的膠布。

「……」男人蒼白著臉，點點頭。

「謝謝，謝謝……」女人還是一貫地發抖：「請不要殺我們，我們什麼也不會說，眞的……保證……我們保證……」

Mr. NeverDie超不屑地從鼻孔噴氣。

保證個屁，老子以後就專宰大魚了，哪會殺你們這種雜魚壞了高手的風範？

「話說回來，這幾天我吃你們睡你們還尿你們的，還看過你們打炮，但我身上沒帶錢，怎辦？」Mr. NeverDie抓抓頭：「明明就賺了好大一筆的。」

這一男一女拚命搖頭，忙說不必。

「喔對了，我這裡還剩一顆手榴彈，送給你們當紀念品，喏。」Mr. NeverDie一臉恍然。

他將一顆沉甸甸的手榴彈從背包裡拿了出來，慎重其事地拉開男人的衣領，將它扔了進去，冰冰涼涼的觸感瞬間讓男人背脊發麻。

女人哇地一聲哭了出來，男人嚇得全身劇震。

「幹嘛嚇成這樣啊？我又沒拉開保險。」Mr. NeverDie白了他們一眼。

刻意用非常慢的速度站起，免得血糖不足昏倒，Mr. NeverDie從衣櫃裡隨便拿了男人的衣褲鞋子穿，揹起空無一物的背包，頭也不回地開門走人。

只留下面面相覷的倒楣男女。

過了三分鐘，這對拚命掙脫繩子的狗男女聽到了可怕的開門聲。

「嗨。」Mr. NeverDie腳步有些不穩地走了進來。

「……」狗男女驚駭莫名地看著這復又折返的怪人。

「對了，我看還是開保險，比較保險。」Mr. NeverDie笑笑，往男人身上伸手。

男人當場暈了過去。

女人雙腳亂踢，喉嚨發出難以分辨的淒厲怪聲。

「開玩笑的啦，我東西忘了拿。」

Mr. NeverDie科科科地笑，在枕頭底下抽出幾張滿是皺褶的黃紙，還有一個黑色牛皮紙袋，亂七八糟摺進自己的背包裡。

開門，這次是真的走了。

四天沒回家，什麼藉口都沒用了。

這對狗男女後來各自離了婚，卻沒有勇氣報警。

他們相信，一旦這麼做，不管將來他們住在哪裡，躲到什麼地方，都會有一隻手在暗夜出現，將他們珍藏在床頭櫃上的手榴彈的保險拉開。

是的，那枚手榴彈變成了他們愛情的見證。

每看見一次，就會想起那四天共患難的惡夢……

27

吃了一頓真正的食物後，Mr. NeverDie第一件事，就是去刺青。

他得意洋洋地脫個精光，露出恐怖的彈口。

「從現在開始，要是我哪裡受傷了，就在那裡刺自由吧。」他坐下。

「這些傷口都還沒復元，你皮膚爛掉，我可不管。」女刺青師淡淡地說。

三個差點要了他命的彈孔周圍，最後都刺上了不同語文的「自由」。

日文的，英文的，西班牙文的。

文字是最具體，卻也是最抽象的刺青造型。

對一個懂得該屬文字的人來說，文字刺青太淺白，毫無藝術價值。

可是對非屬該文字文化的人而言，看不懂的文字，有一種絕對的符號美。

四種文字同時附著在Mr. NeverDie的皮膚上，產生了奇妙的圖案平衡。

刺好後，女刺青師左看右看。

「可以的話，下次我想刺這裡，跟這裡。」

她用指間輕輕按著Mr. NeverDie的左肩，跟右手掌心。

右手掌心若刺古老的拉丁文，一定很有感覺。

左肩肌肉的弧度與輪廓，除了刺上韓文的自由，她沒有更好的想法。

「……」Mr. NeverDie一時不曉得該怎麼回話，只好說：「我盡量。」

鄒哥倒是言而有信。

不必等了，鄒哥手上很多需要瘋子才能解決的單子都交到了Mr. NeverDie手上。

首先是一個被黑道老大薛哥背叛了的槍擊要犯。

這亡命之徒一落網，難免向警方供出薛哥以前做過的種種骯髒事。

可一日不落網，薛哥一日食不知味。

唯一的答案，就是送他到該去的地方。

「神經病眞好，躺幾天就可以起床做事了耶。」鬼子白痴的聲音。

「我幹妳娘。」Mr. NeverDie一手抓著公寓外露的水管，一手拿著手機。

「吃吃吃，要不然，你的祖先一定跟蟑螂睡過啦！」鬼子又花痴地笑了起來。

「到底要不要做事啊？」他略不耐煩，一跳，跳到了對面屋頂。

一落地，就可以看到鬼子所說的目標潛藏地。

一棟夾在商業大樓中間的廉價汽車旅館，房間，C207，已入住兩天。

槍擊要犯白天睡覺，晚上看電視等電話。

「根據我的資料，目標睡覺的時候也抱著槍喔，還是把衝鋒槍呢吃吃吃。」鬼子說個沒完：「要是一般人，我會建議他趁白天偷偷從浴室的窗戶爬進去，再偷偷做事。你的話，我恨不得看你哇哇大叫的樣子耶，所以你就直接敲門進去吧吃吃吃。」

「……呸。」Mr. NeverDie不屑地啐了口口水。

躲子彈容易。

至於刻意要讓子彈打到他的左肩跟他的右掌心，才算是挑戰。

他喜歡挑戰。

如女刺青師所願，她在Mr. NeverDie的右掌心上刺了古拉丁文的自由。

左肩則刺上了密碼般的韓文。

刺青的時候，Mr. NeverDie自命不凡地說著自己的偉大。

他沒說他殺人，可這種傷勢能說明的也夠多了。

這一次，女刺青師還是沒有說一句多餘的話，靜靜地刺著她的符號創作。

結束，也是開始。

「這裡，到這裡，一刀到底的傷口。」

女刺青師像是在下定，用指甲在Mr. NeverDie的胸口上劃了好長一道淺淺刮痕。

「……」他還是一愣，還是只有那一句話。

「我盡量。」

28

每多一個傷口，他的身上就多了一句自由。

也多了一個又一個關於Mr. NeverDie的傳說。

Mr. NeverDie總是單槍匹馬，在鬼子的聲音下出擊。

有時赤手空拳，有時他會帶著兩把小砍刀大幹一場。

日本櫻田組的老大哥福山到北投泡溫泉，連著四個虎背熊腰的小弟都浸在染紅的池子裡，載沉載浮的泡到屍體發腫。

有人言之鑿鑿，兇手在高級溫泉飯店多住了兩個晚上才從容離去。

「怎麼不問我，這些彈孔哪來的？」Mr. NeverDie科科科笑，平趴在刺青床上。

「我沒興趣。」女刺青師自顧調著顏色。

原本要在隔天與銀鷹幫談判的鬼佬幫，二十七個凶神惡煞，二十七把填滿子彈的手槍，在一個晚上內被清個乾乾淨淨。

據八卦雜誌寫道，警方花了十一個小時才將滿地的手手腳腳歸類到各個死者的名下。

「嘿嘿嘿嘿，這幾天啊，我連過個馬路統統都看成紅燈！」Mr. NeverDie用抱怨的語氣，配合炫耀的神情說著隱晦的事蹟。

「……不要動。」女刺青師皺眉，刺著古埃及文的自由。

企圖謀刺幫中老大卻失敗的虎二堂雄哥，在偷渡往廈門的小船上被摸了頭，船上八個跟班小弟全都一起賠了命。

後來這艘小船在大海逍遙自在流浪了一個月才靠岸，怪事一樁。

「妳相信嗎，上個月我出海去啦，有一天還遇到幾個海盜想打劫我，呸！結果當然是被我搶回去啦哈哈！」他邊發笑，邊看著左手臂上剛剛刺好的俄文刺青：「不過我可沒殺他們，不專業嘛！」

「我不是說這裡，我是說這裡。」女刺青師淡淡地用手指在他身上戳啊戳。

「……對不起。」他竟然面有愧色。

接下來這個故事有點複雜。

忠義門的老幫主要退休移民加拿大了，臨走前打算開堂，傳位給他在外面生的私生子。老幫主這個決定惹得親生的大兒子不滿，大兒子下了單要宰私生子，而私生子早有警覺，同時買單要拔掉大兒子的頭。沒想到忠義門的多年掌櫃也不爽老幫主不傳位給多年來忠心耿耿的自己，於是下單要殺老幫主洩恨。不過老掌櫃沒想到的是，老幫主早就看出他狼子野心，也買了單要宰他，爲私生子的幫主大位鋪路——結果當然是殺成了一團。

「我總覺得，這種經濟不景氣的時候，還能像我工作這麼忙，是不是該滿足啦？忙一點就代表對社會有貢獻啦是不是？」Mr. NeverDie低頭大笑，看著差一點將印尼文「自由」刺歪了的女刺青師。

「……」

「對了，妳怎麼都不問我，我是幹哪一行的？」

「下次，在這裡。」她根本不理會，只是指著靠近心臟的一塊肉。

「……我盡量。」他生硬地點點頭。

29

黑社會，又怎樣？

連命都不要的人最雞巴了，就算是最硬的流氓，也怕遇到瘋子。

那些平時最擅長逞兇鬥狠的黑道兄弟，在這個號稱不死的狂徒面前，就像慌慌張張拿著美工刀虛張聲勢的國小生，只有被亂揍被亂殺的份，偶爾還會遇到手榴彈這種匪夷所思的兇器，被炸到全身稀巴爛。

混黑社會的，都有個共同特色……

就是每個人至少都有一個理由，被另一個混黑道的人殺死。

爲女人，爲地盤，爲面子，爲爭權，爲義氣，爲傲慢。

爲錢。爲錢。爲錢。爲錢。爲錢。爲錢。爲錢。爲錢。

每個人都有殺人的理由，也都有被殺的理由。

換句話說，每個人都可能死在Mr. NeverDie神經不正常的殺法。

「他媽的什麼時候讓我遇到那個瘋子，一定亂槍把他打死！」有人怕到生氣。

「哪來的死不了？把他的頭割下來，看看他是死還是不死！」有人日夜磨刀。

「有人知道他長什麼樣嗎？有人見過嗎？」大多數人，選擇走路東張西望。

雖然每個黑道角頭都知道，這些帳不能算在殺手頭上，說到底，都是幕後買兇的黑手搞的鬼。

可偏偏這個殺手太兇太狂，不可能有人會認同這種瘋子的存在價值。

打狗看主人，當然有人找鄒哥疏通疏通。

經營好幾家色情網站的洪爺，被幾個角頭推出來跟鄒哥談判。

「小鄒，這樣不對吧？」花鬍子的胖老爺親手泡了壺烏龍。

「洪爺指教。」鄒哥恭敬接過熱茶。

「做事而已，沒必要弄得那麼慘吧。」德高望重的洪爺皺眉。

「洪爺，這事不能全怪在我們頭上，實話說，你怎麼知道死法不是下單的客戶要求？不能什麼都賴過來。」鄒哥倒是用冷靜的表情說著違心之論。

「小鄒，把那瘋子交出來，那種瘋子不配當殺手。」

「我們有我們的規矩。」鄒哥只能這麼說。

不管鄒哥潛意識裡有多不喜歡Mr. NeverDie，要他出賣手底下的殺手，辦不到。

「那個自稱不死的，究竟是什麼樣的人，還是，你怕反被蛇咬？」

「他有自己的命運。」

「我知道你的難處，可你養了這個瘋子，有一天要出大事了，找不到他，很多人也會曉得找你。」洪爺語氣裡沒有威脅的意思，畢竟他說的是實話：「各自的規矩都懂，但是誰先超線，難說得很。」

「我懂。」

「你懂，可是不交人？」

「不交人，但交洪爺一個朋友。」鄒哥舉起茶杯，沉穩拱手：「我會勸勸他脾氣收斂點，也會勸勸雇主不要有太奇怪的要求。」

「……」洪爺的眼睛瞇起了一條線。

「眞有共識的話，至多，你們這些人找我下單的時候，指名誰下手都行，就是別找Mr. NeverDie。如果是這樣，我可以照聽照辦。」鄒哥的眼前，飄起淡淡的茶煙。

茶喝完了。

朋友也交了。吧。

30

或許眞有共識。

連著七個月，Mr. NeverDie都拿不到一張單子。

江湖上的腥風血雨愕然而止。

該死的人還是得死，只是每個該死的人都回到正常的死法。

一槍斃命。

一刀斃命。

一拳斃命。

睡夢中溘然長逝。

無聲息人間蒸發。

兩百多個日子裡，江湖上都沒有再出現驚恐致死的屍體。

最無聊的人，除了Mr. NeverDie自己，還有那一個聒噪的聲音。

「吃吃吃，我們再去殺人嘛！」鬼子沒事就打來這麼說。

「呸，妳只接我一個人的單嗎？」Mr. NeverDie的回應總是很冷淡。

「看你殺人比較好玩啊吃吃吃，說不定還可以看到你死掉的樣子耶！」

「我幹妳娘。」

「好啦好啦，說真的我想看蟬堡耶，你快點去殺人嘛吃吃吃。」

「聽清楚了——我幹妳娘！」他總是越回越火大。

火大，可是沒有一次很快掛上電話。

沒有人殺，記錄在皮膚上的戰鬥史便生生停了下來。

儘管有了很多錢，可Mr. NeverDie從沒想過要「花錢」住飯店享受，或用假名租下任何地方過日子，也沒有想過要去四處旅行或嘗試交朋友，他依舊亂闖別人的家借住幾個小時，或是從不可思議的角度偷偷潛入門禁森嚴的大飯店，去睡沒有訂房的豪華大空房。

日復一日，Mr. NeverDie照樣在城市上空進行生死一線的極限馬拉松，但這種模仿蜘蛛人的「運動」他已駕輕就熟，隨手一抓就能找到支撐身體的姿勢與平衡點，隨便一跳就能跨越樓與樓，即便是摔，也摔得夠漂亮的了，無人能及。

於是他延長時間，從一個小時變成兩個小時，然後從兩個小時延長到三個小時，讓身體持續累積的疲倦去增加遊戲的危險性。

可惜，那也不過是疲累增加而已。

Mr. NeverDie依舊身手矯健，在生死邊緣衝過來衝過去，隨著遊戲的時間拉長，肌肉疲累增加的結果，就是這遊戲已經不那麼好玩，如同一個喜歡看電影的人，逼著他連續看五部電影，這個興趣很快就會被玩壞。

但Mr. NeverDie始終沒有停下來，這個越來越不危險的單人遊戲。

要不玩，就根本沒事可幹。

沒有需要納稅的對象，很自由。

沒有所謂的上班路線，很自由。

沒有需要照顧的家人，很自由。

沒有非得應酬的飯局，很自由。

沒有塞滿皮包的證件，很自由。

沒有相互取暖的床件，很自由。

沒有一條等他回家等他餵等他玩的狗，很自由。

林林總總的自由加起來，應該是無窮大的自由才對……

「……」

他看著身上一個又一個的自由刺青，腦袋裡倒是毫無想法。

殺手平常都過著什麼樣的日常生活，這一點，又重新困擾著他。

他常常蹲在又高又遠處，看著女刺青師在別人的皮膚上恣意妄爲地瞎刺，可自己一直沒有增加新的傷口，毫無理由用豪爽的表情大步走進刺青店。

這個世界上，Mr. NeverDie只跟區區四個人說話。

鬼子太吵太煩嘴巴又賤，鄒哥對自己愛理不理，又是個男的。

Mr. NeverDie沒想過要跟女刺青師交朋友，但他承認她或許是唯一一個可以正常聊天的對象。

比起蟬堡，可以藉著傷口去跟女刺青師短暫聊天，更接近殺人的報酬。

他每天都去郵局看信箱，每一次打開，都是空空如也。

「他媽的，不是說好我不必等了嗎？」Mr. NeverDie喃喃自語。

他拿起電話。

打給他唯一能交談的四分之一。

31

沒有間斷，鄒哥抽完今晚第十七根菸。

第十四天了，瑯鐺大仔還是活得好好的，剛剛在小南城餐館還與鄒哥擦肩而過，抱著兩個女人，談笑風生，土皇帝似的。

……還沒動手嗎？

明明，那男人一向不是個拖拖拉拉的人。

這次的「反常」讓鄒哥的胸口鬱悶不已。

汽車旅館，房裡躺著熟睡的陌生女人。

泡在按摩浴缸裡的鄒哥點了第十八根菸，心思頗爲複雜。

原本這種黑殺黑的危險大單，應該要給那一個自稱絕對不死的混帳。

但那個混帳逮到機會，壓抑了這麼久，肯定會殺個翻天覆地。

在以往，事情鬧大了，顏面盡失的黑道威逼殺手經紀人交出底下的殺手，這種事極盡不合理，也會引起公憤，可也不是從沒有過。凡有規矩，必有破例。

破例的情形往往發生在殺手做事的手段太狠，而被宰殺的對象是大幫派的頭領人物。大幫派為了扳回顏面，不僅誓言找出幕後買兇的黑手，也要負責做事的殺手付出慘痛的代價。

那個瘋子，做事的手段是越來越狠了，要他安安靜靜摸掉瑯鐺大仔的頭，絕無可能，若像往常一樣殺得轟轟烈烈，滿地屍骸，要保他，就保不住鄒哥自己的腦袋。

在充滿陰影的世界裡，花錢買兇的雇主是誰，有時候連殺手經紀人也未必曉得，雇主總有保護自己身分的下單方式，當下手的對象身分敏感時，尤其如此。

瑯鐺大仔在鬼道盟眾多派系裡，是勢力最強的一支，有人說，當初就是他買走極具威脅的益哥的腦袋，但無從證實。當然。

殺來殺去，這次另有神秘的客戶要買走瑯鐺大仔的命，也不會奇怪。

要殺瑯鐺大仔，可以，但不能是那瘋子動手。

就連神秘的雇主也帶了口信，說絕對不准「那條瘋狗」涉進局裡。

於是鄒哥將單子放在另一個信箱裡。

那個信箱的主人，是一個異常沉默的殺手，低調，速戰速決。

而且非常強。

「可瑯鐺大仔的身邊，印象裡，沒有很厲害的保鑣啊。」

鄒哥看著浮在浴缸上的白色泡沫，越想越奇怪。

要殺一個身邊總是有保鑣跟進跟出的目標，當然有難度，但就是因爲瑯鐺大仔的身邊沒有特別出色的保鑣，鄒哥才會放心地將單子交給那個男人。

若是冷面佛，就萬萬殺之不得。

冷面佛的身邊，隨時隨地都跟著兩個非常可怕的怪物。

那兩個怪物，過去還是職業殺手的時候，就是令人毛骨悚然的傳說。

當了冷面佛的左右保鑣後，斷斷續續宰了好幾個試圖行刺的殺手。

他們是專家中的專家。

暗著來，沒有人可以逃過他們的眼睛。

明著幹，完全就稱了他們嗜殺的本性。

靠著那兩個鬼哭神號似的人物貼身保護，冷面佛悠然自在地七日一殺。

回到瑯鐺大仔。

瑯鐺大仔不管到哪裡，排場都很大，小弟跟進跟出，看起來沒有死角。

沒有死角，就硬戳出死角。

在業界，有本事做掉瑯鐺大仔的殺手，沒有十個也有八個。

那男人絕對辦得到。

「……眞的出事了嗎？」鄒哥實在是不敢相信。

他喜歡做事實在、風格沉穩的傢伙。

阿莫是，那個男人也是。

那種不多話的性格尤其令人信賴。

像他們那種人，沒什麼所謂的無功而返。

失敗，就等於死了。

看著落在泡沫上的菸蒂，鄒哥有種莫名的憤怒。

……到底是怎麼回事，爲什麼一點風聲也沒聽到。

此時，電話響了。

來電顯示，那個該死卻遲遲沒有死掉的瘋子。

「嗯。」鄒哥接起電話。

「鄒哥，我想再去監獄做事。」電話那頭衝口就說。

「你想太多了。」鄒哥不想理會這麼幼稚的要求。

「一定還有人想派人到監獄做事的吧？我可以。價錢好商量。」

「聽著，沒人下這種單。」

「你是說，我又要開始等了嗎？」電話那頭的聲音聽起來很壓抑。

「不做事的時候，就多睡覺。」

「我睡了很多，夠多了。鄒哥，我想做事。」

「……」

「我睡了好幾天的樣品屋跟空屋，我眞的很想找個正常的地方睡覺，開冰箱吃別人的東西，翻他的抽屜，坐在他的馬桶上看雜誌。」電話那頭越講越激動，很容易想像青筋暴露的樣子：「鄒哥，你一定得幫幫我。」

鄒哥瞪著天花板上的吊燈。

這個神經病，爲什麼不是他去死呢？

「聽好，那些黑道很不滿你的作法，甚至逼我把你交出去。」

「把我交出去也可以啊鄒哥！讓他們自投羅網！」電話那頭的聲音聽起來非常興奮：「看我把他們統統殺到剛剛好的半死不活啊。」

「短時間裡，暫時是接不到黑道的單子了。」

「……」

鄒哥閉上眼睛，將下巴埋進水裡。

說起來，今天剛剛有一張即使是生手也能百分之百做好的單。

「我這裡有個很普通的單子，如果你只是要惡整別人，夠用了。」

「嘿嘿嘿嘿好啊，暫時過過癮也行。」電話那頭的聲音不見失望。

「目標我等一下傳簡訊給你，錢的部分我明天再拿去信箱。」

「行了鄒哥，哈哈，我迫不及待呢！」

在掛電話之前，鄒哥有個隱忍很久的問題。

「我問你，你要睡，爲什麼不挑個正常的地方睡？何必把自己搞得像流浪漢一樣？」鄒哥的語氣有點嚴峻：「我給你的錢不算少吧，就算你大費周章買了很多手榴彈，還是可以租下條件很不錯的地方，或乾脆買下來。要假身分，大可以請鬼子幫你。」

「鄒哥……」

「？」

「霸佔別人的地盤，惡整死人，那種快感眞的是……哈哈哈哈哈哈！」

電話結束。

鄒哥開始認眞思考，擺脫這一個惡夢的方法。

32

睡前，她還是如往常一樣，靠著桌子寫日記。

每天寫日記，最初的理由早已忘記，或者也不重要。

習慣讓一個人安心。

她寫著今天早上在公車上遇到了色瞇瞇的老頭。差一點點就遲到的心情。中午到公司樓下的自助餐吃東西時、竟然在咕咾肉裡看見疑似蟑螂鬚鬚的細線。星巴克的外帶咖啡買一送一讓她心情大好。下班前看到老闆對著秘書大罵全公司的氣氛超緊繃。隔壁桌的小王又遞紙條過來約晚餐，不過她只想一個人吃。買了雞腿便當，租了一片「火線追緝令」DVD，打發了半個晚上……剩下的半個晚上，看點料理東西軍重播就過去了……

部落格盛行的現在，她不是沒想過用電腦寫日記，試了幾次，感覺都怪怪的，沒有記錄的眞實感。

或許是血液裡還流動著某種情懷吧，捨棄了充滿彈性的鍵盤，她回過頭，還是用鉛筆慢慢在日記本上刻下流水帳。

不管寫下了什麼，日記的最後一行，總是留給她交往了三年的男友。

阿葉，今天又快過了。

我已經有十一天沒有夢到你了，你該不會是故意的吧。

晚安。

床就靠在書桌旁，桌上留了一盞小燈。

日記本沒有闔上。

洗澡時脫下的手錶，跟眼鏡一起橫放在剛剛寫好的日常生活上，好讓阿葉乘風來看她時，也能讀讀她日復一日的想念。

她抱著男友過去睡的枕頭，聞著好久好久前他留下來的味道。

就快一年了吧。

如果當初阿葉沒有在那一張紙落下名字，現在，他們會過著什麼樣的日子呢？

也許才一起看完晚場電影，他送她回家，在樓下戀戀不捨地親了又親。

也許今天是剛剛拍完婚紗、一回家兩個人都累到不行地摔在床上睡著吧。

也許只是平凡的一天。

他滿身大汗地結束慢跑，回家沖涼。而她也剛剛寫完日記，準備上床睡覺。

如果阿葉沒有搭上那一班飛機，現在，他人會在哪裡？

還是東躲西藏，惶惶不可終日？

還是乾脆變成了他們之中的一份子，從恐懼別人變成別人的恐懼？

還是幸運得到貴人幫助，把債務解決，然後回頭再追自己一次？

有太多的如果，太多充滿嘆息、卻沒有意義的問號。這就是人生吧。

日記仔細記錄下來的，恐怕是人生中最沒有想像力的一種可能。

睡意漸濃。

睡意漸濃。

咚。

有什麼東西重重落在窗外陽台上。

「誰？」她坐了起來。

才剛剛聽見落地窗慢慢被打開的聲音，一瞬間，一個人影便打雷般撞了過來。

她呆住。

「嘿！」

那人影一拳正中她的鼻子，發出沉悶的裂響。

她的臉迅速往後一折，床墊下陷。

那不速之客已在那重重一拳之後落在床上，雙腳叉在她的身上。

「……」

她用很奇怪的眼神，在昏黃的小燈光中，看著坐在她身上的人影。

第一次，從對方的眼睛裡看到的不是恐懼，而是迷惘。

人影笑了。

「首先自我介紹……算了。哈！」戴著耳機、聽著重搖滾音樂的人影露出瘋狂的笑容：

「反正就是這麼一回事，啦！」

她開口說了幾個字，這個人影的拳頭已像狂風暴雨般砸在她的臉上。

Mr. NeverDie。

壓抑太久了。

絕對是壓抑太久了。

不斷灌進耳朵的聯合公園現場演唱會，主唱的叫喊，鼓手的連擊，群眾的鼓譟嘶吼聲，Mr. NeverDie的雙拳像裝了噴射引擎，火力全開，足足打了一分鐘。再加場一分鐘。

停下來的時候，拳頭上已沾滿了紅色的碎骨與肉泥。

脫掉耳機。

Mr. NeverDie老練地將賴床的她扛了起來，扔進浴室。

「接下來，這個房間是我的了，哈哈！」他對著坐在馬桶上的她說。

關上浴室的門。

他先是掠奪了這個陌生人的冰箱，可惜只有礦泉水跟一包巧克力脆笛酥。然後大大方方躺在床上看了一下子電視，亂轉亂轉，跟以前愉快的時光一樣。

膩了，就東翻西翻。

只一下子，他看到了被眼鏡與手錶壓住的那一本日記。

日記啊……Mr. NeverDie笑了出來。真是老土，竟然還是用鉛筆？

他一屁股坐下，雙腳大分岔放在桌子上，翻著這素昧平生的女人日記。

日記裡密密麻麻，鉛筆痕跡又偏淡，看得一時眼花撩亂，只是快速翻頁。

其中有幾頁用膠水黏著幾張看似目標與男友的合照，吸引了他的目光停頓。

「……」Mr. NeverDie滿不在乎地看著。

照片裡的男人，雙手從後面環抱在女人的肚子上，兩個人的臉上都充滿笑容。

這個男人，怎麼有點眼熟啊……

越看，越有一種奇怪的感覺。

一股焦躁從拿著日記本的指尖侵襲著Mr. NeverDie，無名火起。

「什麼啊！」

他大力闔上日記本，走進浴室。

五官徹底碎裂的女人坐在馬桶上，任由Mr. NeverDie將她跨過。

「借一下啊。」他看著塑膠架子上琳瑯滿目的清潔用品。

打開水龍頭，壓到紅色最左，開到最大。

也不分什麼作用了，他隨手拿著最大罐的橘色洗髮精，直接擠在頭頂上，一口氣就擠了四分之一罐。

黏黏的洗髮精順著地心引力流洩過他混濁的臉、熊一樣的脖子，沿路直下。

女人平常在用的洗髮精很香很膩，蜂蜜一樣。水溫如火焰，力道很夠，從蓮蓬頭激射而出的滾燙熱水沖得他眼皮發顫，皮膚發紅發腫。

連著黃黃的泡沫，一鼓作氣把核子廢料級的臭氣沖到腳底。

好久沒這麼從容自在地洗澡了，但Mr. NeverDie卻洗得很不痛快。

耳朵裡都是瀑布般的水聲，眉毛上覆蓋著軟軟的泡沫。

在想什麼呢。

什麼也不想去想。

「！」

他陡然睜開眼睛。

水珠從睫毛上噴開。

裸著身子從浴室衝到書桌，連一個眨眼的時間都沒用上。

渾身冒著蒸氣，他濕淋淋的雙手翻開日記本，瞪著那張普通至極的男女合照。

有一個小時，他的身子連一根寒毛都沒動過。

身後持續傳來熱水噴射的聲音，白色的蒸氣從浴室緩緩瀰漫開來。

吱。

吱吱。

一只黑色的牛皮紙袋從門縫底下鬼祟鑽動的聲音，將他從極靜中震回現實。

轉過頭。

Mr. NeverDie用恍若沉石的腳步，艱難地走進浴室。

濕潤的白色蒸氣裡，馬桶上，整張臉爆碎的女人垂著頭坐著。

她自然無法有表情，他也不曉得自己臉上的肌肉正如何回應。

Mr. NeverDie又以這樣的姿勢呆立了一個小時。

爲什麼。

自己竟然會忘了這個女人呢？

爲什麼。

自己的長相，連自己都沒有印象了呢？

從什麼時候開始，即使是對著鏡子刮鬍子，也沒有再注意自己的臉？

日記本裡黏貼的幾十張照片，那個男人，應該就是自己。

……為什麼要用「應該」？

怎麼會用到「應該」？

對於自己的過去，幾乎沒有眞實的記憶，只有幾個太過破碎的畫面，不斷用蒙太奇的手法在Mr. NeverDie的腦中胡亂運鏡，再進行不合邏輯的拙劣剪接。

太扯。

這眞的是太扯太扯了。

連最森嚴的監獄都敢從正面硬闖的Mr. NeverDie。

現在，竟不敢往前踏一步。

這女人，應該跟自己在一起過。

在一起多久？依稀兩個人有做過。除了做過之外還做過些什麼？

好模糊。

既然在一起過，自己怎麼會認她不出，還亂拳把她活活揍死呢？

這個女人在被揍了第一拳後，用奇怪的表情看著自己，講了一句話。

那句話是什麼？

他戴著耳機，沒有聽到，光回想女人說話的嘴型他也沒有印象。

他生硬地轉身。

所有的答案，所有的過去，都在那女人的日記裡吧。

全身乾冷的Mr. NeverDie端正坐在書桌上，慢慢地從日記本第一頁開始讀起。

讀到最後一頁。

「是這樣的嗎？」從他喉嚨裡發出的聲音，異常空洞。

然後，再從書架裡亂七八糟翻出兩本早已寫完的日記，依舊是從頭看起。

自從成爲了殺手，他沒有一天不向別人、不向自己炫耀他的「已死一次、不會再死」的絕對奇蹟，他所做的一切誇張行徑無不在印證他的信仰，他唯一的信仰。

也所以，他沒有忘記，自己早就死在太平洋上的萬呎高空。他沒有忘記，那一本充滿詛咒氣息的護照。他沒有忘記，第一次看見子彈軌道的異常感。他沒有忘記阿莫。

記憶到此爲止。

腦中發出了尖銳的唧唧唧唧膠卷卡住聲，無法往前回溯。

除此之外呢？

是什麼人押著自己好幾天？自己是爲了什麼被囚禁起來？殺手阿莫被自己宰了之前跟他對決的又是什麼人？理所當然是同一批人吧？自己是十項競賽的田徑選手，這點很有印象，但自己跟什麼人比賽過、在哪裡比賽過？

爲什麼Mr. NeverDie沒有意識到，他根本不回憶過去？

從什麼時候開始，他完全不跟日記裡那一個叫「阿葉」的人對話，完全失去那一個叫阿葉的人的記憶，乃至……

日記裡形容的阿葉，跟正在看日記的自己，完全是截然不同的兩個人。

阿葉，謝謝你今天跟我一起把小貓送到獸醫那裡，謝謝。

下了一整天的雨，在家裡悶了好久，沒想到你還是來了。好高興喔。

一直提前女友是怎樣，你現在明明就是在跟我交往啊，笨蛋！

謝謝你幫我還DVD喔阿葉，還幫我繳逾期，怎麼人那麼好啊。

對不起我今天耍任性了。對不起對不起對不起（雙手合十）。

阿葉，練跑不要太累了，也不要太勉強自己。沒有金牌，你還是最棒的！

我眞的撐不下去了，阿葉。那些人好可怕。你今天對我也好可怕。

好想你，阿葉。希望你今天找得到安全的地方睡覺。好難受。

過去的自己，彷彿只活在這本日記裡。

那個叫蒼葉的男人，懦弱，膽怯，缺乏雄心壯志，可是體貼，細心，擅長觀察，會記得女友一百個生活小習慣。

如果那叫蒼葉的男人站在現在的Mr. NeverDie面前，赤手空拳，一對一，二十秒內遭到壓制，一分鐘之內就會被徹底消滅。但那又怎樣。那還是自己。

緩緩讀著日記，模糊地重新認識另一個自己。

——死去的自己。

沒錯，自己貨眞價實地死了。死得一點痕跡都沒有留下。

唯一能證明自己確實活過的人，幾個小時前，被自己嘿嘿嘿亂拳打死。

現在正捧著日記的這個男人，渾身刺滿囂張自由的強韌軀殼。是誰？

沒有戲劇性的熱淚盈眶，只有僵硬的閱讀姿勢。

天早亮了。

讓人難以忍受的熱水聲持續不斷。

他一直沒能再進去浴室，跨過把守在馬桶上的女人，將水龍頭拴緊。

接下來。

接下來的接下來，自己在闔上日記本的接下來，該做些什麼？

先是痛哭一場，再好好埋了那個女人。

重要的是，想辦法找出到底是哪個王八蛋買兇要殺那個女人，瘋狂復仇一番。

……一般人應該都是這麼做的吧？

所以，到底是什麼人會買下這麼一個徹底普通的女人的命？

從日記本上完全看不出來。

找鄒哥打聽，必要的時候用上逼問的方式也要鄒哥把雇主講出來。

一定要把那個人殺掉，用比剛剛更暴力十倍的方法，把他零零碎碎地殺掉。

再然後呢？

努力回憶，踏上尋找自我之旅，將現在的自己與過去的自己慢慢連結起來。

心臟跳得好快好快。

然後倏地完全停止——

「不要！」

心臟恢復跳動。

瞬間，Mr. NeverDie狠狠往自己的下巴，轟出一記超猛的上勾拳！

驚人的力道將Mr. NeverDie自己轟得頭昏眼花，屁股給震離了椅子。

若有人在旁目睹這個景象，一定無法想像眞有人可以對自己揮出這種拳頭。

阿葉，今天你很認眞跟我討論不當職業運動員的退路，我好開心你的成熟。

其實做什麼都無所謂，重要的是我們會一直相互扶持喔。

「出去！給我滾出去！」

Mr. NeverDie大吼，還趴在地上的他立刻給自己的後腦勺一記迴拳。

意識瞬間中斷，一陣空白之後，他發現自己竟不知不覺站了起來。

怎麼了，一整天都看你悶悶的，逗你說話你也不回應。

是我做錯了什麼嗎？希望明天你打電話過來，聲音又是好好的了。

「滾出我的身體！你這個膽小鬼！」

Mr. NeverDie一頭撞在牆上，差點沒有昏死過去。

沒有昏死過去，所以搖搖晃晃爬起來再撞一次。

阿葉今天好棒，我最喜歡剛剛做愛完的你，在我耳邊輕輕說話了。

不過不可以再射在裡面了啦，我好怕在結婚前就有小北鼻喔……

「休想拖累我！滾！滾！滾！滾！滾！滾！滾！滾！」

雙腳像打樁一樣插在地上，Mr. NeverDie左右開弓，不斷朝臉上一陣狂砸。

左。右。左。右。

驚人的意志力讓他在被自己的右拳擊昏前，立刻又被自己的左拳打醒。

又快昏倒的瞬間，肉體自動反射的另一拳又把自己重重驚醒。

月經終於來了，眞的是鬆了好大一口氣。

你啊，眞的很壞，所以我決定晚一個禮拜再告訴你，讓你擔心！

「殺了你！殺了你！你這個一點都不強的膽小鬼！」

鼻血狂噴，雙眼爆紅，Mr. NeverDie對著身體裡面的另一個名字大吼。

他快速抬起左腳膝蓋，頭低下，用泰拳的姿勢發瘋似攻擊自己的臉。

每一下膝擊，都足以讓自己嚴重腦震盪。

阿葉，我好擔心你。

我不知道跟你分手對不對，我只是好害怕，眞的！

對不起我辦不到，對不起對不起……

「死了就別再出來！看我再把你殺一次！殺……殺！」

Mr. NeverDie在天旋地轉的腦震盪下，胡亂用力一跳，正好跳上了桌子。

完全鄙棄了人體對死亡的自動迴避功能，他索性一百八十度後空翻……

猶如零式戰機，Mr. NeverDie頭部向下，筆直墜地，撞出好大一聲。

這一下，脖子差點硬生生折成兩半。

就算是Mr. NeverDie這種不需要腦的瘋子，也花了一分鐘才爬起來。

鮮血像爆米花一樣從他的頭蓋骨上，砰砰砰砰噴了出來，他差點鼓掌。

阿葉……阿葉……

阿葉…………

「哈哈哈哈哈！沒用的！我已經徹底把你忘記啦！嘻嘻哈哈哈！」

Mr. NeverDie一邊狂笑，一邊用拳頭朝自己的鼻子正中央轟去。

「哈！不敢出來了吧！才剛剛開始咧！」

「哈哈哈我在說什麼啊？我在跟誰說話啊？哈哈哈哈就說都忘啦！」

「休想借屍還魂！我可是一步都不會退讓的喔，哈哈哈哈！」

如此痛扁自己，實在有點累了，Mr. NeverDie改用口齒不清的嘴砲攻擊。

「來啊？再來啊？你這個一拳都不敢還手的廢物！活該！」

「廢物！說你啊廢物！」

「你叫什麼名字？哈哈哈哈哈我一點也沒有興趣啊！叫廢物就可以了！」

「來啊！給你一點機會上啊！怎麼連個影子都看不到咧！」

「幹！信不信我可以……連死人都可以殺掉！」

此時，門外傳來一陣激烈的連續敲門聲。

一個男人在外頭大吼大叫：「搞什麼啊，別人都不用睡覺嗎？」

吐了一口血，Mr. NeverDie大刺刺把門打開。

門外頭，那怒氣沖沖的男人一看到模樣瀕死的Mr. NeverDie，一呆。

「幫個忙，別死啊！」

Mr. NeverDie一把將目瞪口呆的男人抓進房間。

接下來的一分鐘，那敲門男人發生的驚人遭遇，誰也不忍心多看一眼。

多虧了那奄奄一息的男人當了出氣包，Mr. NeverDie忘了自己還沒有確實殺死自己，停手了，剛剛那些累積的疼痛才在體內一鼓作氣發酵，彷彿有人不斷在血管裡進行核爆。

「他媽的，也太痛了吧！」

Mr. NeverDie痛到，連昏過去逃避痛苦都失去資格。

抱頭慘叫時，他瞥眼看到躺在地上的那男人，Mr. NeverDie猛地想到……剛剛在亂打男人出氣的時候，好像會暫時忘記痛苦？

是吧？剛剛好像就是那麼一回事吧？

於是他大步踏出房門，隨便走到另一扇門前，手指狂按門鈴。

門打開，是個睡眼惺忪的上班族男人。

「撐住！」

Mr. NeverDie一個頭鎚就轟了下去。

二十三分鐘內，他按了十四個門鈴。

門不開的，他就從外牆，手腳並用壁遊進去，照樣用暴力轉嫁他的痛苦。

不愧是專家。

這一棟出租住宅大樓，共計二十一個人沒能準時上班上學，卻只死了一個被揍到面貌難以辨識的女人。她依舊坐在馬桶上，渾身沾滿了濕淋淋的蒸氣。

帶著鼻青臉腫不足以形容的慘狀，Mr. NeverDie坐在陌生人的房間裡，打開陌生人的冰箱，吃著陌生人的草莓冰淇淋。

Mr. NeverDie冷冷地拿起手機。

「鄒哥。」

「……你知道現在幾點？」

幾點都一樣。

唯有一個辦法，可以從此不迷惑，不被過去的靈魂糾纏。

現在的Mr. NeverDie，一定要狠狠將過去拋開，扔開，甩開，拉出一段「蒼葉」遠遠也追企不上的距離。

必要的時候不惜將認識那一個叫「蒼葉」的每一個人，統統殺掉，永除後患。

「鄒哥。」

「……有話快說。」

「我的人生，要過得比現在誇張一百倍！」

33

「等。」

那個放在Mr. NeverDie信箱旁邊的信箱，鄒哥打開又關上。

關上，又打開。

始終空空如也。

一直得不到確切的答案，與這個殺手又從未有過其他的聯絡方式，想了想，鄒哥試探性放了一只牛皮紙袋進去。

裡面有一小疊鈔票，還有一張上了年紀的女人照片，照片後寫了地點跟時間，就跟往常一樣。

幾天後，鄒哥打開。

那牛皮紙袋還在，動也沒動過。

「……」鄒哥嘆了一口氣。

又過了兩個多月。

鄒哥在交予Mr. NeverDie新的任務時，順手打開信箱的時候，意外發現那個牛皮紙袋下面，多了一封信，信封上寫著「給鐵塊」三個字。

給鐵塊……

這麼說，知道殺手鐵塊使用這個信箱的，不只鐵塊跟自己，還有別人。

這個「別人」指誰？也許鐵塊不只自己一個經紀人吧，鄒哥沒問過。

看字跡是個女孩子，也許是鐵塊的女人寫的……一想到這裡，鄒哥更不想將信拿走了。

留下了信，鄒哥只拿走了早就失效過期了的牛皮紙袋。

阿莫是，鐵塊也是。

其實鄒哥自己也是。

不多話，更不喜歡聽人廢話。

一年內痛失兩個優秀的殺手，鄒哥悵然若失。

無法順利完成制約、安全退休的殺手，告別的時候總是讓人悲傷。

沒有一個殺手能稱自己好人，但當過殺手的彼此，總能理解這種無言的告別。

唯一的遺憾，充滿了一大堆的問號。

阿莫至少留下了屍體，跟一個說法，可鐵塊就這樣人間蒸發。鬼道盟的派系大哥瑯鐺大仔勢力強大，自己有個殯儀館跟火葬場，要讓一個人徹底無聲息地消失，不是奇怪的事。

只是像鐵塊那種級數的超殺手，究竟是爲什麼失敗？他百思不得其解。

尤其那一個要暗殺瑯鐺大仔的神秘人，在殺手任務失敗後，爲什麼沒有繼續下單直到成功殺了瑯鐺大仔爲止？

難道是因爲殺手失敗，瑯鐺大仔循著蛛絲馬跡找出想要對他不利的人，再將其幹掉？是有這個可能，但鄒哥旁敲側擊了瑯鐺大仔周遭的情報圈，並沒有打聽到什麼特別奇怪的事情。

或許不重要了。

「安心走吧。」

鄒哥拿了牛皮紙袋放進Mr. NeverDie的信箱。

眼睛，卻忍不住凝視著一旁的鐵塊信箱。

D13。

34

老虎很強，強到可以吃掉陸地上每一種動物。

但老虎很少吃老虎。

蟒蛇很強，強到可以吞掉陸地上每一種動物。

但蟒蛇幾乎不吞蟒蛇。

動物的血液裡，隱隱流動著同類不吃同類的大自然的定律。

人類基本上不反對殘殺人類之外的一百萬種動物，美其名爲了生存。

但人殺人，就要接受制裁。

靠著宰殺同類維生的人，叫殺手。是激烈違背大自然法則的職業。

殺手畢竟不是機器——輸入法則公式或職業道德，就可以運行不悖。

過去有幾個殺手跨越了殺手與殺人犯之間的那條線，有的人從此行走於灰色地帶，有的人跨過去就走不回來，心裡模糊了，或乾脆一點瘋了。

如果再沒有窮凶惡極的單子給Mr. NeverDie，他一定會大暴走。

所幸在Mr. NeverDie大暴走之前，有兩個單子讓他熱血沸騰了好一陣。

也花了他不少時間。

第一張大單，是個瘋子。

「有個一直沒辦法完成制約的殺手，瘋了，開始到處亂殺人，外號叫火輪胎。」鄒哥在手機中附註解釋：「他是屬於我們這邊的人，我們得在警察跟黑道出手前處理掉他，不然就很丟臉，也會有麻煩。」

「嘿，他的制約是什麼？」Mr. NeverDie看著牛皮紙袋裡的照片。

照片裡只有一個遠遠的男人背影，畫質顆粒超粗，感覺像是手機隨意拍下來。

照片後面當然沒有地點或時間，整個模稜兩可到不行，就像一個小孩子指著一望無際的大海，說，聽說海裡有一條這麼大的鯨魚，把牠捕上來吧。

「據火輪胎的經紀人說，他得殺死一個絕對殺不死的人，才能退出江湖。」鄒哥一邊挺進下半身，看著眼前正在晃動的一對大奶子說：「這個單不只給你，同時下給其他三個殺手，誰先得手，就拿走全部的報酬。這三個人的資歷都比你老很多，不過你的優勢是，你是個瘋子，我很看好你奪標。」

「哈哈，這個單簡直就是爲我量身訂做的。」Mr. NeverDie嘿嘿嘿地笑著。

量身訂做嗎？

鄒哥持續下半身的鐘擺運動，心想，要不是那個專門獵捕殺手的「殺手的殺手」失蹤了好幾個月，這張單子也不會流出去給這麼多殺手。

殺手擅長埋伏，通常也長於躲藏。

火輪胎有多年經驗，Mr. NeverDie有鬼子幫手。

殺人專家對殺人專家，這個單讓Mr. NeverDie好好大幹了一場。

這一場驚天動地的互殺競賽奪取了Mr. NeverDie的全部精力，反而讓江湖安靜了好一陣子。

就在Mr. NeverDie動手切開火輪胎喉嚨的前一瞬間，他從火輪胎的眼神裡看到了奇異的閃爍。他不明白那是什麼樣的情緒，不像悲哀，不像覺悟，不像恐懼。

而是一種接近「原來如此」的恍然。

接踵而來的第二張大單，也是一個逐漸失控的殺手。

「這個殺手已經完成了七次制約，每次退出不久，又忍不住回頭接單重幹，他懷疑自己快變成殺人犯了。」電話那頭，鄒哥的語氣頗爲惋惜：「其實，這個單是他自己向我下的，不過沒有約定地點跟時間，他說一旦知道自己的死期會令他壓力很大，希望接單的殺手隨意用喜歡的方法宰了他。」

Mr. NeverDie在電話這頭，一邊摳著剛剛刺好的波蘭文自由，一邊用力點頭。

鄒哥言下之意，就是接單的又不只一個殺手了。

這樣好。

Mr. NeverDie喜歡競賽的感覺，雖然自己自認無敵，但無敵不代表就能搶先。

可能會輸掉的壓力，帶來無窮的刺激感。

「他很強嗎?」Mr. NeverDie最想問這個問題。

「這次接單的，共有十一個殺手。」

「哇哈哈哈，越來越好玩了。」

「殺，是一定要殺的。」鄒哥鄭重地說：「只是聽好了。以前你有很多令人不舒服的辦法，我管你不了。可這次我希望你下手快一點，狠一點，不要讓他有太多痛苦。就當作給同行一個尊重。」

「哈哈哈哈哈哈哈！收到！」

這個殺手玩躲貓貓的功夫比火輪胎高竿不少，鬼子費了一番功夫才找著他。

對決的部分就簡單多了。

瘋子很可怕，不怕死的瘋子更可怕。

覺得自己絕對不會死的瘋子，就連最可怕的人，都很怕。

那天豔陽高照，舉頭望天，不見一片雲彩。

蹲在高樓遮陽台上，Mr. NeverDie遠遠看著依照指示的路人將手機拿給了他。

手機鈴響。

「那麼，我們開始吧。」Mr. NeverDie在手機裡科科科笑：「前輩。」

「……希望你比傳聞更厲害啊，我已經厭倦這一切了。」那前輩沒有東張西望，只是低著頭把話說完，然後將手機放進口袋。

對決很精采，Mr. NeverDie享受著死亡鏡頭漫天飛舞的每一刻。

勝負即生死。

就在Mr. NeverDie目送重操舊業八次的殺手前輩斷氣時，老殺手眼皮劇顫。

「想不想知道……死是什麼感覺……有點冷……有點……」

「呸，少裝哲學家了。」

Mr. NeverDie冷笑，猛力拔掉插在肩膀上的碎玻璃，抽痛感讓他哆嗦了一下。

那一瞬，他又看到了似曾相識的表情。

35

獵殺失控殺手的兇單畢竟非常有限，漸漸的，鄒哥能給的單子已不夠用。

每次手機鈴響，鄒哥就感到心煩意亂。

所幸，這個世界很大。

「鄒先生，聽說你養了一頭讓大家都很煩惱的怪獸啊。」

手機那頭，對方操著濃厚日本口音的中文。

「好說，荒木先生。」鄒哥走在擁擠的人群裡，等著紅綠燈。

「我現在身邊有幾個人，想跟你聊一聊，你懂義大利話嗎？」

「……」

龐大的國際市場，終於透過其他仲介者找上了鄒哥。

起先是義大利黑手黨，再來是俄羅斯黑手黨。

死神餐廳。

「老鄒，聽說你底下有一個不介意去死的高手？」國際殺手仲介似笑非笑。

「不是不介意去死，是覺得自己不會死。」鄒哥切著硬到不行的全熟牛排，直接進入話題：「能給他一點教訓的話，儘管出價。」

緊接著，荷蘭大圈仔也下了單，香港洪興也聞風而來。

「聽好了老鄒，你的人我一口氣包三個禮拜啊，到時候那瘋子沒命回去，可不能怪我。」洪興大飛哥在電話裡粗著嗓子。

「絕不怪你。」

鄒哥看著鐵塊信箱裡，靜靜躺著的三十萬鈔票，還有一封新信。

不管什麼事，只要做絕了，就有口碑。

日本山口組要了兩次人，法國角幫遇到了棘手的事端，也打電話過來詢問。

「錢不是問題，不過他眞的敢殺進警察局做事？我說的可是巴黎第七分局啊！」角幫的仲介代理人在電話裡不斷確認。

「成不成功我怎麼曉得，但敢是一定敢的。怎麼？他敢衝，你不敢下單嗎？」

鄒哥看著鐵塊信箱裡，用蘋果日報仔細包起來的一大疊鈔票，老經驗摸起來，至少有五十萬元。還有一封舊的信，加上一封新的信。

也許鐵塊消失的秘密，就藏在那兩封信裡吧……

國家的邊境，就是律法的邊境。

以色列對納粹餘黨的追緝從未停止，可在政治考量下，也常有鞭長莫及之憾。

「鄒哥，這是正義。」電話裡，對方操著字正腔圓的中文，聽起來反而古怪。

「正義就是錢，給錢。」鄒哥淡淡地說。

手機貼耳，鄒哥看著鐵塊信箱裡，那一疊又悄悄增厚的鈔票，第四封信。

以及，出乎意料的……

一個裝滿蟬堡的鞋盒。

怎麼可能缺了美國？

有太多的職業殺手，實際上都是被美國政府機構親自訓練出來。

偶爾連美國CIA要秘密境外殺人，都試著委託這個哪裡都敢一闖的亞洲狂人。

那一段時間，Mr. NeverDie都隨身攜帶鬼子的聲音，在世界各個國家內，殺人。

「剛剛妳也在飛機上嗎？」Mr. NeverDie看著洛杉磯國際機場的入境大廳。

人來人往，Mr. NeverDie的眼睛不停地掃射每一個正在講手機的亞洲女人。

「吃吃吃，你說呢？」鬼子的聲音還是像搞笑藝人。

不管在世界的哪個角落暴走，每次做完事，Mr. NeverDie一定回台灣，用刺青在身上進行補釘，記錄別人痛苦的歷史。

「我總覺得，這些字有魔力，讓我越來越強。」Mr. NeverDie慵懶大字形躺著。

「隨便。」女刺青師坐在椅子上，翻著冰島方言的字典。

「平常不刺青的時候，妳都在幹嘛？」他只是想交談，對答案實則也沒興趣。

「吃東西睡覺。」女刺青師則根本不想交談。

「下次挑難一點的地方，讓我有點挑戰性嘛！」他用手指敲打致命的太陽穴。

「不用你管。」女刺青師聚精會神地翻著字典。

Mr. NeverDie毫無章法的行蹤，只有一個人能大抵掌握。

他每次回台灣都去刺青，早就被鬼子看在眼底。

「談戀愛了喔，吃吃吃！」鬼子特地打電話來虧。

「聽好，沒叫妳做事的時候，妳少偷看我。」他瞪著電線桿上的監視器。

「不然怎樣，殺了我嗎？吃吃吃……」鬼子亂笑：「那得先找到我才行。」

「我幹妳娘。」Mr. NeverDie奮力一跳，直接將監視器踢了下來。

不知不覺，Mr. NeverDie成爲所有倒楣的人的惡夢。

他的身上，也已佈滿了八十一種世界各地語言的「自由」。

身上荊棘遍佈著自由，可他自由嗎？

Mr. NeverDie不再思考這個愚蠢的問題。

一點時間也不浪費在追索過去上，對自己日漸模糊的臉孔也毫不在意。

他越來越粗暴，越來越喜歡別人怕他。

如同華爾街裡的數學之不可靠，在殺手的世界裡，對決上的「人數優勢」始終是一件很可疑的事。Mr. NeverDie就很喜歡一口氣對上很多個人的感覺，他也越來越喜歡，看到自己用不可思議的方式突然出現在目標面前時，對方無法置信、大吃一驚、隨即轉爲驚恐倉皇的表情。

江湖上，有一個句子，越來越多人想知道問號後的答案。

「即使是G，也殺不了號稱絕對不死的Mr. NeverDie嗎？」

沒有人知道答案。

但很快，就會有人因爲想終結這個問句，花大錢去買一個答案……

36

很大的世界，讓鄒哥暫時忘了很多關於瘋子需要使瘋的煩惱。

他有了多餘的時間，去了結沉澱多日的掛念。

第二十六次，鄒哥打開了屬於鐵塊的信箱。

就當作是受不了蟬堡的誘惑吧，終於，鄒哥拿走了那些錢，以及那幾封字跡娟秀的手寫信。真不該拆開那些信。

信裡，有一個女孩。

與幸福無緣，看不見前方，又無法回頭的墮落女孩。

某個一如往常的援交夜裡，女孩遇見了鐵一樣的男人。

那男人，光用拳頭就足以殺人，一拳，一個，猶如拳槍。

男人很沉默，卻住在一間不斷從隔壁傳來「藍雨」歌聲的空白房間。

一個殺手，一個爲殺手朗讀神秘蟬堡的女孩。

「我養妳。」

那沉默的殺手，拿著牙刷，對著信裡的女孩說出這三個字。

沒想過此生此世會得到幸福的女孩，終於想起了，自己原來很愛哭。

航行在無邊際大海中的一葉遊艇，成了兩個邊緣人共同的夢想。

某天，殺手忘了回家。

然後再也沒有回家了。

女孩沒有放棄過期待，只是換了另一種麻痺自己的生活方式。

某個逢場作戲的風月場合，女孩意外查出了殺手未能回家的眞相。

女孩展開了毫無勝算的復仇，一次又一次，飛蛾撲火。

表面上是復仇。

實際上，女孩只是想藉著復仇，慢慢靠近她的男人，在那名爲死亡的國度。

信末，女孩希望打開信的某人，能夠接受她卑微的委託。

如果我沒有再寫新的信，就表示，我已經去見鐵塊了。

沒有辦法幫鐵塊殺掉瑯鐺大仔，我知道他不會生氣，也不會怪我，可是我會覺得自己很沒用，連這點事都做不好。

所以我還是要拜託你了，你一定有辦法的，對嗎？是不是我之前放在裡面的錢不夠，所以你不幫我殺呢？對不起，我只有這些錢了。我可以繼續存錢，但是我眞的好想去見鐵塊，我眞的等不下去了。求求你，求求你。

想到很快就可以見到鐵塊，我好開心，可是也很害怕。

有人說，這個世界上有輪迴，可是我不希望有輪迴，眞的，我好怕鐵塊先去投胎了，那樣我就見不到他了，一切都沒有意義。就算我也去投胎，也不可能再遇到鐵塊了，我這輩子的運氣，在遇見鐵塊的時候就用光光了，不可能的……

不過就算有輪迴，鐵塊殺了那麼多人，他死了以後，應該會下地獄吧。

我自己也很爛，很糟糕，沒有好好愛惜自己，也一定會被罰得慘。

說不定，我們相遇的時候就是在充滿痛苦的地獄。

其實，就算是地獄……

只要能再見到鐵塊，我也好開心好開心喔，想到就忍不住哭了呢！

37

這兩天，雨似乎有越下越大的趨勢。

一直都曉得自己菸癮很大，但鄒哥今天才知道，原來自己可以連續抽三包菸。

「原來，是豺狼。」

鄒哥看著燒到手指的菸屁股，喃喃自語：「不過，豺狼又到哪去了？既然不是當場跟鐵塊同歸於盡，豺狼那種怪物找個地方躺個幾天，又是生龍活虎，怎麼會完全銷聲匿跡了呢？」

「說不定最後還是傷重死了。」

九十九的眼角滲出眼淚，抱怨道：「老鄒，你該戒菸了，煙超嗆的，害我一直流眼淚。我敢打賭你的肺一定比十年沒清的沙發底下還髒。」

「說點讓人意外的事吧。」鄒哥捻熄了菸。

才剛入夜，酒吧裡的生意還很清淡，對找人打炮的客人來說氣氛很差，對喝酒聊天的客人而言卻比較舒服，不用扯開喉嚨說話。

算是宿命吧。

這個古老的行業太過神秘，有什麼行內話絕不可能跟外人敞開來談，就算是彼此競爭的同行，也不可能把關係搞壞，免得日久發悶找不到人訴苦。

連話都不多說，鄒哥更不是個愛訴苦的人。

可他今晚還是找了同行的九十九出來，有些話不吐不快。

話說九十九最近不曉得在忙什麼，好不容易約出來一起喝酒，整個人看起來很煩躁，魂不守舍的。鄒哥之前就聽九十九抱怨過，他碰上了一個自以爲是正義使者的有錢雇主，動不動就花錢買下在報紙上逞兇鬥狠的王八蛋的命。

可今天，九十九的神情除了度爛，還帶了點哀傷。

「最近，我也死了個殺手。」九十九吃著超健康的大盤生菜沙拉。

「誰？」鄒哥眉頭微皺。

「你不會聽過的，沒什麼來頭的小人物。」

九十九話才出口，就有點後悔。

籍籍無名的鬼哥一直想要幹一票大的，一直想要來個揚名立萬……

「他叫阿鬼。」九十九裝作若無其事地說：「有點年紀了，我都叫他鬼哥。」

「鬼哥怎麼死的？」

「鐵塊，至少還是栽在豺狼底下。我那個鬼哥，是被飆車族亂刀砍死。」

「我好像有看到那個新聞。」鄒哥想了想。

「公祭在後天。」九十九無奈地說：「眞不想去那種場合。」

「有寄給你的話，帶過去燒吧。」

「……也是。」

鄒哥沒說節哀，那是廢話中的廢話。

兩個人，各自做著窮極無聊的事。

一個人切著硬邦邦的十分熟牛排，一口未吃，卻已將牛排細切成一百多等份，每一等份看起來都超難吃。另一個人玩弄著盤裡稀稀爛爛的生菜，翻著攪著。

這種充滿負面能量的沉默，跟靜態自殺沒有兩樣。

在這種時候最容易自溺，很容易越想越多。

「九十九，你覺得，當初一代一代傳下來的三大法則與三大職業道德，到底是爲了什麼？」鄒哥問，彷彿心裡卡了一件事。

「幾乎，是爲了保護我們自己吧。」九十九想都沒想就脫口而出。

因爲這問題，他同樣拿去問過手底下的王牌殺手。

那王牌殺手極其聰明，聰明到知道成爲所謂的傳說只會陷自己不利，於是高超卓絕地隱藏住自己，只有經紀人九十九知道他光鮮外表的另一個存在。

「怎麼說？」

「法則一，不能愛上目標，也不能愛上委託人。」九十九慢條斯理解釋：「你自己想想，你看過多少關於殺手的電影，有多少殺手就是因爲愛上目標而壞事的？最慘的狀態還會害自己被追殺。愛上委託人的殺手，那就更扯了，很容易就會被委託人控制。」

「目標還好，委託人的部分有點牽強。」

「法則二，不管在任何情況下，絕不透露出委託人的身分。除非委託人想殺自己滅口，否則不可危及委託人的生命。」九十九繼續說道：「這一點最重要了，我們遵守這個法則，自是理所當然，不過大部分黑道都知道我們的規矩，所以一旦他們的人被做掉，也不大來爲難我們，眞正的行家都是守口如瓶。」

「鐵塊被逮，瑯鐺大仔他們倒是沒放他一馬。」

「殺手當場被逮又是另一回事。我說的是，很多殺手做事風格非常明顯，就算沒有現場逮到，道上也會知道是哪個殺手做的事，如果有冤家，就該知道不能找殺手麻煩，要尋晦氣，就要去找下單的人。」

「……」鄒哥瞪著那一百多等份的硬牛排：「我就是非常不能理解，他們逮到鐵塊後，明明知道法則二，卻為什麼不一槍了斷他？一定要搞他媽的釘刑！」

九十九點點頭，表示同意。

應該說，九十九不是同意鄒哥的說法，事實上九十九能夠理解黑道的心態。

只是九十九很不喜歡「酷刑」。

最近他對下單的雇主為處死目標立下的種種細則，直逼酷刑，也感到很噁心。

「法則三，下了班就不是殺手。即使喝醉了、睡夢中、做愛時，也得牢牢記住這點。」

九十九說著說著，便笑了出來：「這一點，我們倒是正在違反呢。」

「……倒是沒聽過經紀人也得遵守。」

「但對殺手來說很管用，強制一點，稱得上是最好的保護機制。」九十九正色道：「以前我還在做事的時候，嚴格遵守法則三倒是幫助我捱過很多迷惘。應該說，由於法則三的關係，讓我做完事就不去多想，不多想，就少了很多不痛快。」

「所以你做夢，九十九。」

鄒哥吐槽，一吐中的。

「接著……職業道德一，絕不搶生意。」九十九說完，伸手。

「同意。」鄒哥伸出手。

兩個人隨隨便便在半空中，擊了個軟弱無力的掌。

其實都不缺錢。

會當經紀人，常常只是古怪的緣分，或迫於某種無可奈何。

「職業道德二，若有親朋好友被殺，即使知道是誰做的，也絕不找同行報復，也不可逼迫同行供出雇主的身分。」這次換鄒哥自己說：「不用解釋了，這點的確是保護同行的職業道德。」

「有聽說過前一陣子的事？」九十九瞥眼看向吧台後的電視。

新聞上，主播罕見地用很激動的語氣譴責著連環殺人魔的最新犯行。

那個被媒體稱爲「貓胎人」、專門虐殺孕婦的變態，不曉得是哪一個經紀人底下的殺手，到底會不會教啊？有必要把人殺成那個樣子嗎？還是自己接單的個體戶？不，十之八九，只是個變態殺人犯。九十九頗爲篤定。

「你是說霜吧？」鄒哥直覺。

「她違反道德，是她不好。」九十九回過神：「西門還跑去湊熱鬧，可笑。」

「可真正過分的是G。」鄒哥沉聲：「他明明就可以不接的，但還是硬幹。」

九十九慢慢看出了鄒哥此刻的心態邏輯，乾脆附和：「G是很雞巴。」

「他的經紀人也不是什麼好東西，完全不幫他過濾。」鄒哥還沒罵完。

「行了行了，職業道德三——保持心情愉快，永遠都別說這是最後一次。」九十九豎起大拇指，苦笑道：「本來保持心情愉快是我的強項呢。」

說出「這是最後一次」這句話，可是忌諱中的忌諱，說了這句話的人，幾乎都會在最後一次任務中栽觔斗。屢試不爽。

保持心情愉快嗎……

不管是對殺手，抑或是殺手經紀人，保持心情愉快始終是最難的一部分。

會放在三大法則與三大職業道德裡最後壓軸，恐怕也有「最重要」的道理。

九十九放下刀叉。

「老鄒，你就問吧。」九十九雙手環胸。

「如果你是我，會幫鐵塊報仇嗎？」

會問這個問題，代表鄒哥快不能繼續當一個稱職的殺手經紀。

在職業上墮入魔道，可在行爲上更接近一個「人」。

「延伸法則二跟職業道德二的精神，應該否定所有關於報仇的想法。」九十九誠懇地看著鄒哥，說：「若鐵塊得手，瑯鐺大仔會死。鐵塊失手，則鐵塊死。一翻兩瞪眼，老鄒，這是等價交換。」

「你畢竟不是我。」

鄒哥又想起了阿莫。

雖然現在自己總算在形式上接納了Mr. NeverDie，但當初自己一時按捺不住、動用了二十幾個流氓圍殺Mr. NeverDie這個舉動，一回想起來，總算覺得自己對得起死去的阿莫，將來地下相會，也不會不好意思。

現在，鐵塊呢？

由於鐵塊做事的拳殺風格極其明顯，江湖資歷深的頭目人物，個個都知道鐵塊是鄒哥底下拔尖的殺手，就算瑯鐺大仔也委託過鐵塊出手。

這次鐵塊失手，被逮，瑯鐺大仔一夥「只是」殘酷刑求了鐵塊，完全沒來找鄒哥的麻煩，也沒來逼問鄒哥到底是誰下的兇單。

瑯鐺大仔，可是百分之百依著規矩來的。

如果自己要宰瑯鐺大仔爲鐵塊報仇，無論如何說不過去。

「不過老鄒，」九十九眼睛盯著電視新聞，完全不看鄒哥。

「？」

「那不是報仇。」

「什麼意思？」

「那是委託。」

鄒哥一怔。

「那些錢，或許買不起瑯鐺大仔的命，不過，加上那一大盒……嘖嘖。」

九十九在說這些話的時候，語氣似笑非笑。

全明白了，鄒哥哈哈一笑：「對，是委託。」

九十九不禁莞爾。

「有合適的人選嗎？」九十九說：「雖然雞巴，不過我有G的經紀人電話。」

「不了。」

鄒哥的嘴角上揚，拿起手機尋找某個鬼子的號碼，發了一通簡訊。

心情大好，鄒哥又點了一根菸慶祝。

「來兩杯馬丁尼。」九十九向刻意保持距離的酒保招招手。

兩個人輕輕搖著冰涷的玻璃酒杯。

至少有一個人心情大好，而另一個人也替他開心。

「世事難料，千金難買運氣好。」九十九喝了一大口酒。

「敬運氣。」鄒哥也大喝了一口。

此時，酒吧裡四台電視上的最新新聞快報，吸引了所有顧客的注意力。

最近最炙手可熱的新聞，毫無疑問是兩天前才又犯下大案的貓胎人。

「哇，又是那個死變態。」九十九蹺起二郎腿。

「剛剛才敬運氣，怎麼都是這種人長命？」鄒哥不以爲然，喝了一口酒。

電視裡，一位大腹便便的女檢察官笑容可掬，站在鏡頭前說明案情。

「今天下午警方會同美國FBI來的犯罪專家研究貓胎人一案，非常肯定貓胎人的行兇，不單純是模仿大量好萊塢犯罪電影後的產物，更可能的是貓胎人的精神方面有問題，所以往後的辦案必須加入精神疾病的方向，與其說是追捕罪犯，說是追捕有暴力傾向的精神病人更爲適切。」

女檢察官一邊說，一手抱著肚子。

鎂光燈此起彼落。

「精神方面有問題？請問是什麼疾病？」中國時報的記者提問。

「很抱歉，精確的病名我們必須保密，因爲這牽涉到偵查的方向。不過目前已知貓胎人在性別認知上有嚴重的焦慮，才會產生無法分辨被害人的性別、男女皆殺的窘境。專業醫生指出，這種無法辨別性別的症狀，有可能是肇因於貓胎人小時候長期被暴力性侵害，而且很可能是同時遭到兩種性別的性侵害所致。」

「爲什麼貓胎人會堅持採取殺胎換貓的行兇方式，警方有最新的推論嗎？」自由時報的記者提問。

「貓胎人可能在嗑藥後產生嚴重的幻覺，因此會有特定行爲的強迫症產生。不過精神科醫生在參考**FBI**提供的國外類似犯罪個案後，認爲更可能的事實是，貓胎人從小就希望自己是一隻貓，自由的貓，想藉此逃避不斷遭受性侵害的童年。所以貓胎人才會在孕育生命的子宮裡將胎兒取出、縫進貓，象徵自己希望透過手術儀式，成爲一隻貨眞價實的貓……這點在國外也有非常多的精神疾病案例。」

九十九與鄒哥互相看了一眼。

天啊，這個女檢察官到底在胡說八道什麼呀！

「那麼逮捕貓胎人後會因爲他的精神失常，給予減刑嗎？」現場的記者也笑了。

「現在還言之過早。」女檢察官摸著肚子，和顏悅色說。

「還有什麼可以透露的嗎？民眾可以幫上什麼忙？」麥克風齊上。

「有的，我們已經側寫出貓胎人的性格與特徵輪廓，請民眾密切注意周遭國小教育程度、口吃，以及陰陽人扮裝的古怪陌生人，例如穿著高跟鞋與窄裙走路的男子。如果發現這些特徵，請民眾不要驚慌，緊急撥打一一〇報警就可以了。」

「不好意思，能不能說明一下國小的教育程度是怎麼回事？」

「是的，貓胎人在犯罪現場留下的種種訊息顯示，貓胎人的表達能力嚴重不足，所以才會抄襲許多犯罪電影的語言當作與警方溝通的方式，表達能力的不足也可能導致貓胎人在口語表達上的不清晰。」

「請問警方認爲今天call in進大話新聞的貓胎人，是眞的貓胎人嗎？」

「我們並不認爲，因爲電話裡的貓胎人顯然沒有口吃。謝謝，我們的記者會就到此結束，希望警民合作下能早日將兇手繩之以法，回復社會安寧。」女檢察官一鞠躬。

記者會到此結束。

酒吧裡所有的客人，眼睛大大，嘴巴開開，面面相覷。

然後不約而同大爆笑出來。

「哈哈哈哈，這眞的是太好笑了！」九十九笑到岔氣。

「太誇張了，這很明顯是警察設下的圈套嘛！」鄒哥也笑到眼淚都流出來了，上氣不接下氣說：「現在那個女檢察官家裡一定擠滿了警察，只要貓胎人敢去，一定跑不掉。」

「貓胎人如果不是白痴，應該也看得出來是個圈套吧？」九十九摸著笑到發疼的肚子，說：「不過這種事很難說……就算不是白痴，瘋子的舉動也很難用一般人的水平去估量的。」

說到瘋子，鄒哥倒有很多跟瘋子相處的經驗。

「沒錯，如果是眞正的瘋子，明知道是圈套還是會上當的。」鄒哥擦著眼淚。

這幾天心情上的鬱悶，竟然是被這個死變態的新聞一掃而空。

那個叫貓胎人的蠢貨，眞的是太具有娛樂性了。

放在吧台桌上的手機震動了一下。

鄒哥拿起，剛剛傳出去的簡訊這麼快就有了回音。

「吃吃吃，兩個小時前，飛機正好趕在颱風登陸前降落台灣。」是鬼子。

很好。

碰巧回來了嗎。

鄒哥拿起手機。

38

城市底下。

無數台了無生意可做的計程車上，廣播傳來了最新的颱風消息：

「泰利颱風行徑詭譎多變，因爲地形阻撓，結構遭破壞，颱風分裂爲兩個中心，低層中心早上七點半已經從宜蘭花蓮之間登陸，不過，結構遭到破壞成了熱帶低氣壓，高層中心在台中外海，形成副低氣壓中心持續朝西北前進，預計要到傍晚過後，台灣才會逐漸脫離暴風圈。泰利狂掃台灣一整夜，上午的台北雨勢減弱，不過，陣陣強風還沒有減緩的趨勢……」

這颱風來勢洶洶，明明是白天，天空卻黑壓壓讓人透不過氣。

風大到連行道樹都給吹倒了好幾棵，雨也大到快讓人睜不開眼。

漸漸，風的力量壓倒了雨的本事。

水珠精神錯亂地橫向潑灑，打在身上，就像是挨了BB彈一樣刺痛。

一個人影逆著風，順著風，玩著風，在天旋地轉的城市上空飛馳。

Are you lost in your lies?

Do you tell yourself I don't realize

Your crusade's a disguise?

Replaced with freedom with fear

You trade money for lives

I'm aware of what you've done

No, no more sorrow

I've paid for your mistakes

Your time is borrowed

Your time has come to be released❷

---

❷ 詞／曲：Linkin Park

不怕死地掛著貼耳耳機，將MP3的聲音開到最大，狂衝，狂衝，Mr. NeverDie正聽著引領他狂暴情緒的最佳夥伴，聯合公園的「No More Sorrow」。

有好長一陣子，都沒有在台灣做事了。

就當是熱身吧。

整個城市都在搖搖晃晃，每一吋都充滿了想像之外的危險，在城市上空進行的冒險遊戲變得艱難十倍，就連Mr. NeverDie這種頂尖高手都差點死了九次。

連續衝了三個鐘頭，有點累了，可Mr. NeverDie就是不想停下來。

最近，他只要一停下來，有一半的機率會思考各種事情，包括等一下要吃什麼、今天要睡在哪裡、自己存了那麼多錢要怎麼花才好，甚至是人生的意義。

他痛恨思考，因爲他無法從思考裡得到什麼厲害的答案。

有時勉強進行思考，頭會很痛，若得到非常矛盾或空泛的答案，頭就更痛。

一片空白最好。

另一半的機率，就是腦中自動出現那一個討厭的名字。

只要一出現那個名字，Mr. NeverDie就會毫不留情給自己一拳。

可能的話，所有事情都想秉藉著動物的本能去做，去完成，就好。

拒絕思考。

拒絕那個名字出現。

忽然，噴衝在Mr. NeverDie身上的雨，變小了。

「咦？」

感受到異變，他的全身毛細孔豎起，輕輕落在搖晃中的廣告招牌。

一瞬間。

無法動彈。

看在動態視覺超卓的Mr. NeverDie眼中，眼界所及，數百億顆雨滴，有那麼一瞬間完完全全停在半空中，絕對的定格住。

沒有任何先兆。

全世界好像被抽走了聲音。

數兆道強光從至高無上的天頂之頂，直奔而降，衝開了厚實的黑色雲層。

滯留在全世界半空中的百億雨滴，全都被那道沉默的強光激得閃閃發亮。

「哇，該不會是，上帝突然想到我了吧？」Mr. NeverDie暗暗自嘲。

轟！

巨雷在眼界之外爆開，振動了時間，數百億顆雨滴颯地橫向碎落。

眞是太神奇的一幕了，Mr. NeverDie一拳揍開了衝向他的雨水。

緊接在雷聲後，正好手機響了。

「剛剛打雷，你有聽到嗎！」當然是鬼子。

「幹嘛？」Mr. NeverDie踩著搖搖欲墜的廣告招牌，像蜘蛛人一樣俯瞰這城市。

「嚇死我了，突然好大一聲喔吃吃，嚇死了嚇死了！」

「廢話少說，到底查出來那個叫什麼大仔的，在哪裡？我什麼時候動手？」

「我大致估計了一下情勢喔，如果說呢，幾天前我們在舊金山幹的那票，難度是十，要殺瑯鐺大仔的難度，頂多到七而已耶吃吃吃。」鬼子笑著。

洋人的屌大。

就算堂堂都是黑社會老大，台灣角頭的氣勢就是差了美國黑手黨一截。

「呸。」

「最佳的做事時間，是今天晚上。」鬼子如數家珍，說道：「氣象預報說，今天晚上颱風的強度會大幅減弱，到時候風變小呢，雨就變大，吃吃吃，雨那麼大，瑯鐺大仔身邊的小弟沒地方去，一定會聚集在瑯鐺大仔旁邊，這時要殺瑯鐺大仔，也一定最難喔。」

「這算什麼最佳時間？」

「因爲我想看你死嘛笨，吃吃吃！」

「我幹妳娘。」Mr. NeverDie倒是很想笑，但按照慣例還是得罵。

「在死之前，你就好好睡一覺養精蓄銳吧。」鬼子銀鈴般的笑聲又出現了：「從現在開始，我會幫你盯住瑯鐺大仔的行蹤，入夜後隨時等我電話喔。」

「睡一覺，免了。」

「對喔對喔，你要去約會嘛吃吃吃，瘋子也有可愛的一面唷！」

「我還是幹妳娘。」

Mr. NeverDie掛掉手機。

39

約會，算嗎？

不算。

不算約會，但Mr. NeverDie照樣躺在台北永和某頂樓加蓋的奇妙小屋裡。

裸著身，聞著薰香，感受著後大腿肌上的痲痲刺痛感。

這次刺的到底是哪一國哪一個朝代的「自由」，他依舊毫不關心。

先是後大腿肌，再來是左耳後……

時光機倒轉到五天前，當Mr. NeverDie故意讓子彈掠過耳際時，還稍微往外動了分毫、好讓子彈輕輕擦過，只要算錯一點點，整隻耳朵就會爛爛地黏在沾滿血跡的地板上。

「厲害吧。」Mr. NeverDie不屑地從鼻孔噴氣。

「……」女刺青師檢視了耳後那道焦掉的傷口。

在這個男人的身上來來回回刺了這麼多次，女刺青師感覺到這些新增傷口的奇異變化。可能危及生命的傷口越來越少，取而代之的，這男人非常精準地控制傷口的位置，每每落在自己上次規定的「地點」。

雖然還沒有到隨心所欲的程度，也不遠了……

這樣的身體，不禁讓女刺青師想到了她認識的另一個身體。

那個身體，也很強，卻是一種瀰漫著死亡氣息的糜爛之強。

「妳沒問過我，也不打算問我，這些誇張的傷口是怎麼來的。」

「沒興趣。」

「不覺得，一般人受了這種傷，早就死了一千次了嗎？」

「不見得。」

「放心，我不會多說，嘿嘿……我可不想少了一個聊天的對象。」

「我們沒有聊天。」

「……」Mr. NeverDie刻意忽略剛剛那一句絕頂殘忍的吐槽，說：「最近我在美國聽到了一個笑話，大概是這樣說的……有一個男人在新婚之夜，對著新娘發誓說，他會愛她一生一世，如果他對她做了不忠的事，他願意接受上帝的懲罰。」

「不好笑。」

「因爲還沒講完。」Mr. NeverDie也不著惱，繼續說道：「婚後不久，那個男人就跟新娘的好朋友勾搭上床，還常常上妓院嫖妓。終於有一天，他搭飛機出差，結果在高空遇到亂流，一邊引擎還冒出火來，情況危急，那個男人想起了當初的誓言，於是雙手合十大聲祈禱……他祈禱說，上帝啊！雖然我罪孽深重，不過請您看在其他無辜旅客的份上，暫時饒恕我吧！」

「……」

「這時天上傳來一個巨大的聲音，上帝說——」Mr. NeverDie哈哈大笑：「無辜？爲了把你們這些罪人統統湊上同一班飛機，我可是費了好大的功夫啊！」

「嗯。」

女刺青師的嘴角微微上揚，這已是對Mr. NeverDie莫大的鼓勵。

自從死了一次後，Mr. NeverDie就愛上了所有關於死亡的笑話。

就知道這種笑話特別管用。

「上帝的事我不清楚，不過，關於死神的傳說很多。」Mr. NeverDie享受著自吹自擂的快感，加重語氣：「唯有我最接近眞相。」

女刺青師不搭腔，自顧自在剛果語的「自由」旁，小心翼翼修飾花邊。

「一般人用刀，速度實在太慢了，雖然沒辦法眞的閉著眼睛就能躲開，但也相差不遠，嘿嘿。」Mr. NeverDie幽幽說道：「看來看去，還是子彈比較有挑戰性。」

「……」

「那些子彈的軌跡就像在大街上橫衝直撞的飛車，要對付它們，就得了解死神如何控制子彈飛行路上的紅燈綠燈。」Mr. NeverDie洋洋得意：「躲不過，就迎上去。睜大眼睛，一刻也別閉上！」

「……」

還沒完。

Mr. NeverDie又說了躲炸彈破片的訣竅、如何從十五層樓跳下去還能不死的應變小技巧、一口氣應付十幾個人從四面八方拿刀砍過來的要領，等等日常生活中絕對派不上用場的荒誕經驗談。

「不過子彈畢竟沒生命啊，小混混扣扳機這個動作也沒啥信念，加起來都算是無生命的東西……一旦扣下扳機，子彈接下來要怎麼跑我都看得一清二楚啦！」Mr. NeverDie繼續說繼續說：「比起來，如果刀在高手手上，比一般小混混拿槍還可怕一百倍，因爲高手使刀的動作有不確定的生命感，生命體的軌跡我沒辦法看得很清楚，一定要邊看邊躲……」

女刺青師默默聽著，默默刺著。

都來這麼多次，也來這麼久了，Mr. NeverDie看不出來女刺青師是不想跟他講話呢，還是徹底的不知道該說什麼。

也許是兩者兼具。

出於意興闌珊後的本能，Mr. NeverDie突然提議：「想不想跟我做愛？」

「不想。」

女刺青師回答的語氣，絲毫不見驚訝。

Mr. NeverDie感覺皮膚上的針刺沒有加重，也沒有減輕力道，若無其事。

大概是自己問得太輕浮，沒有慎重其事的感覺吧。

「說真的，想不想跟我做愛？」他慢慢地再說一次。

「不想。」女刺青師斷然拒絕。

「那妳要不要跟我做愛？」

「不要。」

「那，可以跟我做愛嗎？」

「不可以。」

既然使用各種問號都得不到想要的答案，那麼……

「跟我做愛吧。」Mr. NeverDie肌肉繃緊。

「你可沒那麼自由。」女刺青師還是全神貫注在她的針筆上。

這樣也不行。

算了，反正自己已經天下無敵了，留下一點點挑戰也好。

每次來都問問看，直到成功爲止。

不，不是「爲止」。

成功之後，一定又是另一個故事了吧。

40

大雨夜，最是殺人夜。

撐傘的男人穿著黑色西裝，打著黑色領帶，招手，計程車靠近。

開門，上車。

「長安東路，富貴年華。」男人說完，便閉目沉思。

計程車擋風玻璃上的雨刷，以最急切的速度來回掃水，視線依舊一片模糊。

輪胎有一半沒在水裡，整條街幾乎都被雨給溶解了。

「這雨啊，大概是我開計程車十年來遇過最大的一次。」計程車司機咕噥。

「……」男人沒有回話。

雨一直下。

像是報復白天時被狂風整個吹橫的怨氣，雨沉厚到連風都透不過氣。

也許是巧合，抑或是計算精準。

男人再次睜開眼睛的時候，計程車已來到一間高級三溫暖俱樂部門口。

「一百八十塊錢。」司機停住錶。

「不用找了。」男人將兩張百元鈔放在排檔處。

不急著下車，男人整理著脖子上的黑色領帶。

「這種天氣，太晚叫不到計程車的話，打這個電話，算你八五折。」司機眉開眼笑，遞上有點濕潤的名片。

「……」男人接過，小心翼翼將印有計程車車隊與傳呼電話的名片，收好。

用得著的話，那便諸事大吉。

雨沒有一絲一毫緩下來的跡象。

男人用最老式的手法，慢慢將領帶打好。

開門，開傘，慢慢下車。

即使只走了幾步路，撐著傘，半身還是給濕透了，褲管也濕了。

俱樂部門口，在這滂沱大雨夜，竟停了十幾台黑色高級轎車。

每台高級轎車的玻璃上，都貼著完全看不見裡面的深黑色隔熱紙，不過從擋風玻璃可清楚看到，每台車的駕駛座上，都坐了一個無所事事的司機。

有的司機一邊嚼檳榔，一邊看八卦雜誌發笑。

有的司機正在講手機，一邊往俱樂部門口張望。

有的司機雙手環胸假寐，腦袋微微上下晃動。

……麻煩的十幾雙眼睛。男人看了看錶。

將傘交給門口泊車的小弟，將領帶重新調整、繫緊……男人還是很在意領帶。

「先生，跟您借一下您的會員卡。」另一個門口小弟堆滿笑容。

「第一次來。」男人看著小弟的眼睛，這孩子還很年輕。

「先生，實在很抱歉，我們這間俱樂部是採會員推薦制，如果……」

「洪爺約我在這裡談事，叫我先去他慣去的東河包廂。」男人平靜地看著小弟，說：「他晚點來，你可以打電話給他。」

「是這樣的……因爲我們這裡是……」小弟的臉堆滿了歉意。

「雨下很大。」男人微微踏著濕淋淋的鞋子。

男人沒有露出不耐的表情，更沒有表現出任何「請求」的意思。

不卑不亢，他只是很自然地，飾演好洪爺位高權重的朋友。

「是，那您在這裡簽個名。」小弟誠惶誠恐地拿出一本冊子。

男人隨意簽了個名。

「洪爺到了的話，跟他說我濕透了，先進去泡澡。」男人給了亮眼的小費。

「是。」小弟看了一眼冊子上的簽名，鞠躬：「請進，陳先生。」

另一個小弟看到那男人的出手闊綽，趕緊領著濕淋淋的男人走進大廳。

傳說，正要開始。

41

長形桌上。

獨留一張孤孤單單的方塊六。

無星無月，黑色的大雨落在黑色的大海上。

一艘剛剛結束慘烈賭局的豪華郵輪，停泊在這巨大的滂沱黑暗中。

雷雨交加，彷彿已經死亡的賭局又要復活。

上百名賓客沉默地看向海的另一端。

遠遠的，那遠在肉眼能力之外的島上，正上演著一齣驚心動魄的大刺殺。

不論成功或失敗，今晚，都將成爲無人不曉的傳奇。

賭神，或者該說是舊任賭神。

手裡握著衛星手機，心中盤算著旁人無法參透的局。

這局。

遠比任何人想像的，都更不簡單。

舊任賭神緩緩回頭，看著甲板上那一灘怵目驚心的血跡。

眞不可思議。

那個騙子教出來的男人，在最後關頭竟然還是說服了他……

用一次偷天換日，換了一次偷天換日。

用一計，換一命。

命又換計。

現在連屍體也不可能找著了吧。

只留下一個燙手卻心熱的絕妙爛攤子。

很好。

成交。

舊任賭神打了第七通電話。

「冷面佛，今夜你不算死在我手裡。」

42

男人裝作不經意的左顧右盼。

在這沉悶的下雨天，這間高級俱樂部裡特別冷清，出現少爺比客人多的窘況。

雖然不到戒備森嚴的程度，但有幾個特別高壯的保鑣不時穿梭在走廊上。

偶爾鶯鶯燕燕經過，幾件開高衩的紫色旗袍，露出讓人心動不已的白皙大腿，連那些保鑣都忍不住色瞇瞇地看了幾眼，用微揚的嘴角私下品論了一番。

「東河包廂到了，陳先生請進。」小弟鞠躬哈腰，笑得可燦爛。

「謝謝。」男人伸手進口袋，像是在摸小費。

洗手間就在左手邊，沒聽見洗手聲或沖水聲，估計裡面有人的機率不到兩成。

即使裡面有人，估計一併解決不讓發出聲音的機率，高達了九成。

「西山包廂是在另一邊嗎？」男人隨口問。

「嗯？是啊。」小弟直覺地回答。

完全沒看到男人如何動作，那小弟捧著自己被切開的喉嚨，雙眼瞪大。

在第一滴血落在地板上之前，男人已將呼吸困難的小弟拖到一旁的洗手間。

彷彿是拷貝無數類型電影裡最常出現的橋段，從洗手間出來時，男人已一身的標準服務生模樣，連臉上的笑容都一模一樣的虛假僵硬。

剛剛男人是將大號廁所的門反鎖，再從裡面快速翻出來的，那坐在馬桶上的小弟屍體被掃廁所的清潔工發現，估計，至少要十分鐘以上。或更久。

但時間依然是個變數，秒秒是金。

男人在不被發現異狀的前提下，以最高速度，在三溫暖俱樂部裡快步行走著。

沿路經過毛巾間，男人便進去推了一台摺好熱毛巾的車子出來。

沿路有客人，有保鑣，有陪女，有其他的服務生，往西山包廂的大致位置走去，即便是走錯了些許，只要若無其事繼續往前走，便不會引人側目。

時間。

要注意時間。

一個小時前，開往公海的麗星郵輪上，賭神下了一張驚天動地的單。

——要買，冷面佛的頭。

究竟爲何賭神要殺冷面佛？不清楚，暫時也不重要。

這一個小時，要命的一個小時。

從接單開始的每一分每一秒，消息都可能曝光。

賭神要買冷面佛的頭，僅限於今晚。

今晚買不到，明天就輪到賭神人頭落地。

賭神一共打了幾通電話，男人不知道。

擅長估計的他，猜想起碼三通。

精確估計的話，男人眉頭一皺……起碼三通，但不會超過五通。

電話打得越多，消息走漏的風險就越大。

賭神善賭，即善押注，不會盲目打給十幾個殺手經紀。

能接到賭神電話的，一定都是擁有最頂尖高手的經紀人……

即是說，除了自己，約莫還有兩個至五個頂尖殺手。不會更多。

他們來了嗎？會是誰呢？

自己是第一個進來這間三溫暖俱樂部的嗎？

很有可能，因爲目前還發覺不到異樣。

不。

說不定他們也跟自己一樣，兵不血刃就矇混了進來。

說不定他們趁著大雨的掩護，從這建築物某個不起眼的角落悄悄鑽了進來。

若知道其餘的殺手有幾人，甚至是誰就好了……

如此一來，就能將更多更複雜的變數估計進這個局裡。

或許剛剛跟自己錯身而過的某人，也是另一個殺手喬裝的服務生、保鑣，甚至是陪女。或許不是錯身，而是剛剛跟在自己正後面，在上一個路口他左轉，而自己右轉的那一個人是殺手？或許，自己正在前往西山包廂的路上，可另外的殺手剛剛好完成了任務，幾秒後就會聽見大亂的聲音……

雖然不清楚一起接單的殺手是誰，但合理估計，絕對不會是衝鋒陷陣的莽漢，這裡是黑社會跟警察署長一起罩的場，容許兄弟帶槍進來，現實世界不比電影動作片——主角無論如何不會被亂槍流彈打中。

八成，那些殺手作風肯定像自己一樣，安靜，低調，鎮定，計畫周詳與見機行事兩感兼備，出手迅速確實，絕對不多做無謂的殺。

摒除一切無法納入估計的雜質，男人將思慮沉澱在腳步下。

其實西山包廂不難找。

疑神疑鬼的冷面佛，走到哪裡都跟了一堆牛鬼蛇神，只要往保鑣越來越密集的方向走去，大抵不會錯。

只是，冷面佛身邊的保鑣再多，怎麼會有那麼多？男人一邊微笑看著那些板著臉孔的保鑣，一邊快步走著。這些在走廊上無聊踱步的保鑣數量，比自己預先估計的還要多出至少一倍。冷面佛眞是愛殺人、可自己也活在被殺的陰影下吧……

好像快到了。

不能太天眞。

估計要宰冷面佛，至少也得一併宰掉冷面佛身邊的幾個貼身保鑣。太辛苦了。

尤其冷面佛養的那兩頭貼身怪物，一對一自己都沒有把握，二對一更是毫無勝算。自己可是接單賺錢，不是來送死。

不過，若是先下手爲強，冷不防一刀從背後刺進冷面佛後腦、再穿出喉嚨，主子一死，保鑣就只會爲了面子問題跟自己過不去，而不會豁全力擋下自己。

估計這樣才行得通。

到了。

最頂級最氣派的西山包廂，門口站了四個外國人面孔的保鑣。

保鑣們自顧自交談，只瞥眼看了笑嘻嘻的男人一秒半秒，連可能藏著武器或炸藥的毛巾車也沒檢查，全無攔阻便放他進三溫暖澡堂。

這身制服跟一臉賤笑果然有用，男人若無其事推車進去。

撲面而來的，是帶著濃濃碳酸氣味的白色蒸氣。

「送毛巾。」男人微笑。

微笑凝結。

澡堂裡的景象，連最冷靜最擅長估計的男人，都一瞬間背脊發冷。

胖胖的冷面佛赤裸裸坐在池子上的石階，雙腳浸在染成血紅的池子裡。

池子上，漂著一具面向下的屍體。

坐在冷面佛對面泡腳的，是一絲不掛的黑道立委瑯鐺大仔。

這兩個黑道梟雄的身後，或坐或站了十幾個身上刺龍刺鳳的壯碩保鑣。

「我說大仔，你乾脆就承認了吧，約我在這裡談事情，就是想親眼看我死。」冷面佛舀著湯匙，吃著冰鎮蓮子湯。

「你少疑神疑鬼，我爲什麼要你死？」瑯鐺大仔手裡也是一碗冰鎮蓮子湯，大聲罵道：「賺大錢的生意都快談成了，我幹嘛要白白把財神往外送！倒是我，剛剛差點給你一起害死了，到底是惹誰了你？」

「哈哈，我只是開個玩笑。」冷面佛皮笑肉不笑，看著池子上載沉載浮的屍體，說：「只是很久都沒人敢殺我了，到底是誰那麼……」

不自量力四個字，從冷面佛的口中說出來，比任何人都更有力量。

不說出來，又比說出來更有力量十倍。

「我要打電話給義雄，叫他帶更多兄弟過來接我。這池子髒成這樣，一年半年是休想叫我回來……」瑯鐺大仔伸手，後面一個小弟立刻雙手奉上手機。

「別打。」冷面佛瞇起眼睛。

瑯鐺大仔拿著手機，有點猶疑。

男人不疾不徐地將乾燙好的毛巾一疊一疊地放在架子上，再將隨手亂扔的毛巾收拾好，每一吋的專業動作都不讓人有懷疑的空間。

「嘻嘻，暫時待在這裡，反而是最安全。」染紅的池子裡，浸著一顆光頭。

光頭的漢子只露出一個頭，竟不理會那一具漂到眼前的屍體，下巴以下依然故我泡在充滿血腥味的溫泉池裡，拿著毛巾擦澡。

冷面佛冷笑：「要殺我，就要一次成功，否則就是對方人頭落地。」

瑯鐺大仔有點懂，又有點不明白：「什麼意思？」

「對方下單，不會只有這一個殺手，一定是傾巢而來啊，你現在走到外面，沒有一支兩支狙擊槍在上面等你，算我冷面佛被人瞧扁！」冷面佛看著池子裡的浮屍，冷冷笑說：「殺手一個一個進來，他們就一個一個做掉。等到天亮，我們數一數池子裡會有幾具屍體。」

聰明。

不愧是七日一殺的黑道霸主。

再不需估計，這吃力的單子便在這裡放棄吧，男人心想。

「好啊，哈哈，等到天亮來數屍體，看看你冷面佛的面子有多大！」瑯鐺大仔哈哈大笑，還用腳將漂到腳邊的無名屍體給踢走。

男人收好地上散亂的毛巾，便即要推車離開。

「送毛巾的。」

一個，像是從牆壁裡發出的硬冷聲音。

「還有什麼吩咐嗎？」男人恭恭敬敬地鞠躬。

「從剛剛到現在，你一點害怕的表情都沒有露出來。」

分明是燈光通亮的三溫暖尊爵澡間，卻有一個聲音緩緩從突兀的深邃陰影處走了出來。這人穿著黑色運動外套，黑色運動長褲，黑色耐吉運動鞋。

本欲行刺的男人慢慢看清楚，原來這個穿了一身黑的保鑣，渾身被一股極爲不祥的氣給包圍住——不需要什麼特殊的敏感體質，只要看了這黑衣男一眼，就會不由自主想離他越遠越好。

「這是一個平常的服務生，看到屍體的正常反應嗎？」黑衣男淡淡地說。

「……」男人的腦中，千百個念頭快速衝擊著。

斷然否認被接受的機率——零。

畏畏縮縮否認被接受的機率——百分之十。

畏畏縮縮否認被接受、但還是被殺掉的機率——百分之百。

「你，太冷靜了。」血池裡的光頭男臉轉了過來，微笑，看著推著毛巾車的男人，說：

「太會演戲的結果，反而露出馬腳。嘻嘻，還要繼續裝下去嗎？」

男人面無表情。

現在的他沒有別的選擇，也沒有別的可能。

「明白。」

男人雙手鬆開毛巾推車，兩把黑色短刺溜出袖口，握在手上。

從現在開始到最後一秒，就用自己最拿手的技術，在斷氣之前闖出這裡吧。

逃出生天的機率是零。

只是，不試試看的話，死前也沒別的事好做。

冷面佛看著前來行刺自己的這男人，微微點頭。

「怎不問問他，到底是誰下的單？」瑯鐺大仔吃完最後一口蓮子湯。

「就算用最殘酷的方法逼問，你也不會說出下單的人是誰吧？」冷面佛皮笑。

所有保鑣都站在冷面佛與瑯鐺大仔前，用十幾台肉身坦克當作最低程度的防禦，個個手裡都拿著槍，卻沒有人有向男人扣下扳機的意思。

因爲，專家就交給專家處理。

「只怪我自己，估計錯誤。」男人一腳踢開毛巾車。

眾保鑣神經緊繃之際，決定放棄的男人第一時間往後飛竄。

「好！」

血池裡的光頭男動也不動，任憑穿了一身漆黑的男人追了出去。

就在兩人一逃一追出澡堂的瞬間，遠處響起了一陣震耳欲聾的轟炸聲。

所有人一愣。

隔了幾秒，又是一陣難以理解的爆破聲。

「該不會……」瑯鐺大仔皺眉，有點後悔，還是該叫義雄派弟兄過來支援的。

血池裡的光頭男露出一口慘白的牙齒，嘴角肌肉牽動。

「第三個刺客，嘻嘻。」

43

擊中目標，不過是子彈行進的，其中一種選擇罷了。

這是絕對自由者才能享有的權力。

首先，當然是大廳。

所謂最短的距離，就是從正前方強行突破！

「鬼子，妳在外面沒辦法看到，真是太可惜啦哈哈哈哈哈！」

Mr. NeverDie一拳擊碎門口小弟的鼻子，再高高一跳，跳到另一個嘗試掏槍的警衛身上，一手抓著對方脖子，再一刀將對方的右眼剮了下來。

槍聲零零落落，彷彿自己開槍只是湊熱鬧，只消別人的子彈打中了就可以。

幾百顆鏡頭像刺蝟的刺毛一樣高高豎起，捕捉肉眼無法跟上的死神世界，無比清楚，Mr. NeverDie輕輕鬆鬆躲過一顆又一顆沒有信念的子彈，衝過去，亂刀切開一條紅色的路。

「哈哈！」Mr. NeverDie輕蔑地將刀子插進保鑣的脊椎之間，大叫：「得分！」

「去見你媽！」Mr. NeverDie一個豪邁的飛踢，直接踢中第二個保鑣的喉嚨，鏡頭捕捉到保鑣頭骨斷折的聲音：「不！可別全死！」

「順便也見見我媽！」Mr. NeverDie奪下第三個保鑣的槍，朝著他的四肢連開了七槍：「這樣應該死不了啦！」

越亂越好。

雖然沒什麼必要，手榴彈還是在寬敞的走廊上炸了開來，崩落的石塊飛屑朝四面八方不規則噴了出去，割傷了好幾個來不及逃跑的服務生跟保鑣，就連明豔動人的陪女們也被炸毀了容。

「來點挑戰嘛！」Mr. NeverDie衝過尖銳的破片，身上劃出好幾十道血痕。

沿途砍，沿途殺，斷掉的肢體飛來飛去，那些慘叫聲配合Mr. NeverDie誇張的笑臉，竟有一種在拍搞笑片的氛圍。

走廊爆炸的後方，又是好幾個神色匆匆、非得依賴槍否則無法戰鬥的保鑣。

拉開保險，上膛，深呼吸。

距離，三十公尺。

每一步都充滿死神陷阱的三十公尺。

Mr. NeverDie嬉弄般，左腳單膝如羽毛般碰地，右腳如弓，雙手手指如豹爪輕輕撕著地，臀部高抬，閉上眼睛，頭垂落，彷彿進入深沉的祈禱。

這姿勢，與百米選手衝刺前的準備動作「蹲踞式」如出一轍。

「一起開槍！」

不知是哪個白痴發號施令，燃燒的子彈不約而同從槍口裡旋轉出擊。

砰！

槍鳴，死神全速衝出。

砰！砰！砰！砰！砰！砰！砰！砰！砰！砰！砰！砰！砰！砰！砰！砰！砰！砰！砰！

砰！砰！砰！砰！砰！砰！砰！砰！砰！砰！砰！砰！砰！砰！砰！砰！砰！砰！砰！

砰！砰！砰！砰！砰！砰！砰！砰！砰！砰！砰！砰！砰！砰！砰！砰！砰！砰！砰！

砰！砰！砰！砰！砰！砰！砰！砰！砰！砰！砰！砰！砰！砰！砰！砰！砰！砰！砰！

所有前來行刺冷面佛的殺手，避之唯恐不及的畫面，莫過於此。

可對見慣了好萊塢大場面、與眞正高手對決過的Mr. NeverDie而言，這些人哪裡稱得上瞄準？只是忙著將手槍裡的子彈一鼓作氣清光光罷了。

硝煙味鑽進鼻孔，耳朵躺滿子彈殼噹噹墜地的無奈聲音。

那些子彈慢到，足夠讓Mr. NeverDie爲每一顆掠過鼻尖的金屬小東西取名字。

緊張感當然比自由在城市上空沒命狂衝還要多，多很多，但——

距離，零。

「還不夠啊！」

Mr. NeverDie衝進眾保鑣之中，不管是瑯鐺大仔的手下，抑或是冷面佛的跟班，全都讓Mr. NeverDie砍得唏哩嘩啦，乍看是沒有章法的亂刀，卻一刀一刀將眾人砍得肚破腸流，沒有一刀斃命，但求敵人痛苦萬分。

只幾秒，Mr. NeverDie成了方圓三公尺內唯一雙腳站著的生物。

「瑯鐺大仔在哪？」Mr. NeverDie蹲下，將刀子上的血抹在一個保鑣臉上。

那捧著腸子痛哭流涕的保鑣就是想說話，也痛到完全無法言語。

正當Mr. NeverDie想玩弄一下弱者的時候……

突然間，一陣雞皮疙瘩。

超猛的。

Mr. NeverDie霍然抬頭，看向左手邊的包廂長廊。

長廊深處。

明明那裡一個人都沒有。

Mr. NeverDie身上的數百萬顆隱藏式鏡頭，竟如高射砲一樣全數拱起。

這感覺，比起十幾個月前硬闖肅德監獄的瀕死感，有過之，無不及！

在那裡。

有個值得……殺到九成九死的傢伙就躲在那裡。

「看來，要殺掉瑯鐺大仔之前，一定得先殺掉你吧！」Mr. NeverDie不禁熱血沸騰。

長廊深處，竟模模糊糊看不清楚。

「也不是。」

只知道一顆死人頭給遠遠拋了過來，直到快砸到Mr. NeverDie的腳趾頭才落下。好強的臂力。

死人頭的脖子上，還圈著一條黑色領帶。

「好醜的領帶。」Mr. NeverDie一腳將死人頭往旁踢開。

「你長得更醜。」走廊深處的聲音。

那聲音，才剛剛說完。

氣息完全消失……不，留下了一點點的尾巴。

當然是陷阱，而且，是很有看頭的陷阱！

Mr. NeverDie快速衝出。

44

通往西山大澡堂外，唯一必經的小廳堂。

兩個人都停了下來。

這裡已經沒有任何拿槍的保鏢，或者他們都擠在大澡堂保護他們的老大吧。

「沒有雜魚了呢。」

Mr. NeverDie獰笑，看著眼前唯一的敵人。

這個渾身黑壓壓的男人，衣服底下似乎也刻滿了無數傷痕舊疤。

散發出非常不吉祥的憎惡之氣。

「大家都說，外面有一個自稱絕對死不了的瘋子殺手，就是說你吧？」

黑衣男笑得很恐怖，因爲他的臉上全都是傷及肌肉與神經的刀疤，每有任何情緒表現，一定會牽動所有已經畸形化了的臉部肌肉，擠成一團無法歸類的表情。不像是人類。

也不像是生物。

「是啊。」Mr. NeverDie大剌剌地拿起短砍刀，閃耀著血光。

彷彿是呼應，黑衣男從腰後慢慢抽出一把刀，一把剛剛吃過血的短砍刀。

果然是行家。

Mr. NeverDie心想，比起淡淡開槍，拿刀用力砍人要帥多了。

「那你，一定忘了自己是誰吧……」黑衣男手腕靈轉，轉著手中砍刀。

Mr. NeverDie一怔。

意識之外，黑衣男的刀如狂風暴雨砍了過來。

Mr. NeverDie全身數百萬顆鏡頭迅速綻放開來，捕捉，分析，以千鈞一髮的距離躲開了黑衣男殺氣騰騰的刀，卻還是在胸前肌肉留下一道血痕。

幾乎是本能，Mr. NeverDie一刀又一刀反殺回去，但黑衣男每每以不可思議的反射神經躲了開，只是削中了一點皮毛肉屑。

雖然Mr. NeverDie從來沒有認眞練過刀，但他用刀砍殺敵人與目標的經驗要遠遠勝過這個世界上所有拿著刀戰鬥的人，加上野獸的本能，命運鏡頭的高速捕捉，他很有自信自己是世界上最強的刀手。

可眼前這個人，竟用「繼續活著」的方式不斷反駁他的自信。

一眨眼，兩個人已互砍了三十幾刀。

又一眨眼，Mr. NeverDie砍中了對方鼻子，而黑衣男也剁掉了對方右耳。

兩個人完全沒有停手的意思。

越砍越快，越砍越急。

「你一定看得見子彈的軌跡吧！」黑衣男大笑，一刀揮空。

「是又怎樣！」Mr. NeverDie不屑，一刀也揮空。

「就算受了誇張的重傷，大睡幾天就死不了吧！」黑衣男大喊。

「……」Mr. NeverDie無言以對。

刀跟刀之間，迸出高亢的火光。

每一刀都砍在一起，好像事先套好招，反覆經過練習似地，刀刃互撞。

只是沒有遇過如此抵抗的Mr. NeverDie，越砍心情越煩躁，力量越用越大。

「現在——你一定用很多很多隻眼睛觀察著我吧！」黑衣男越砍越後退。

「你爲什麼知道！」Mr. NeverDie一陣亂刀急砍，將黑衣男逼到角落。

鏡頭鎖定。

Mr. NeverDie一刀絕妙劈出。

被逼到牆角的黑衣男，硬是躲過絕對不可能躲開的一刀。

牆上爆出一道破痕，石屑紛飛。

黑衣男高高躍起，另一版本的數百萬顆鏡頭居高臨下，對準Mr. NeverDie直落！

「哈哈哈哈哈，我也是死過一次的怪物啊！」

45

原來如此。

原來如此之後，「時間」變成了這個世界上最抽象的東西。

黑衣男與Mr. NeverDie兩人的砍刀，在連續一百狠劈中，完全沒有砍到對方。

有個成語叫「千鈞一髮」。

千鈞一髮這四個字，重複使用一千次來形容眼前決鬥，無可異議。

沒有人受傷。

甚至沒有任何刀刃相撞。

攻躲皆快，兩個人用各種歪七扭八的姿勢躲過對方的攻擊，然後在閃躲的同時，拚命從匪夷所思的角度砍殺對方——所有攻擊卻又盡數落空。

超高水準的盡數落空！

沒有招式。

一切都只是破碎常識的隨機應變。

Mr. NeverDie大概明白了是怎麼回事。

這個世界上，自己並非獨一無二的存在。

這是何等的有趣！

何等的難以容忍！

Mr. NeverDie被激起了熱烈的鬥志，他的動作比一開始要敏捷十倍，鏡頭飛轉的節奏順暢十倍，想要獲勝的慾望更勝十倍。

偏偏就是無法擊倒眼前的無名對手！

急躁感，再無法壓抑了。

「嘿！」Mr. NeverDie一咬牙，打算迎向對方一記殺著，也要砍掉對方腦袋。

「喔！」黑衣男似乎也有相同想法，同歸於盡地撲向Mr. NeverDie的刀。

也許只有這種雙雙毀滅的砍法才能讓這場惡鬥停下來。

一瞬間。

就在兩個怪物幾乎要砍落對方腦袋的那一瞬間。

「兩對」數百萬顆鏡頭突然錯亂地撞在一塊，在人類的意識之外發出震耳欲聾的隆隆聲，彷彿兩塊同極相斥的磁鐵以超高速接近，終於將Mr. NeverDie與黑衣男撞彈開來，雙雙跌在地上。

Mr. NeverDie摸摸自己沒有被砍飛的脖子，轉了轉。

黑衣男以刀撐地，用奇異又扭曲的笑容看著Mr. NeverDie。

中場休息。

絕對不是英雄惜英雄的狗屁氣氛。

這兩個怪物，互看對方的眼神都充滿了無法相容的恨意。

「呸，你……或者說，上一個你，是怎麼死的？」黑衣男瞪著他。

「墜機。」Mr. NeverDie瞪著黑衣男，反問：「你咧？」

「高樓大火。」黑衣男用刀撥著凌亂的頭髮。

「所以算我贏了，哈哈哈哈哈！」Mr. NeverDie猖狂大笑，還笑出了眼淚：「你這個區區被火燒死的幽靈！哈哈哈哈！哈哈哈哈！只是被火燒死啊哈哈哈哈！」

「……」黑衣男不屑地翻白眼：「自從知道有你這號自大狂，就想快點把你殺掉。不過我們這樣打下去，就算死神在場裁判，也不曉得怎麼分勝負。」

兩個人慢慢站了起來。

像是重整旗鼓，馬上又要展開第二回合。

「別擔心，我等一下就會把你的幻想做個結束。」Mr. NeverDie故作輕鬆，隨意揮著砍刀說：「告訴你，不死也有分等級的。在上一個我死掉之前，我可是十項全能的金牌國手，條件比你這瘦皮猴好了不知多少。最重要的，我又是墜機死的，你啊……死得太普通啦！哈！」

「大概吧，大概死不了也是有分等級。」黑衣男惡笑，慢慢脫下被砍得破破爛爛的黑色運動外套、黑色上衣，露出一身密密麻麻的黑色刺青。

猶如恐怖的塗鴉。

只瞥了那刺青一眼，Mr. NeverDie的心臟便莫名揪了一下。

怎麼回事？

剛剛那心悸的感覺是怎麼一回事？

「最倒楣的其實是，你今天晚上根本不必死。」

黑衣男手中的砍刀，變態地輕刺胸口上的黑色刺青，直到皮膚都給刺出血來。

十幾年前，黑衣男每殺一個人，就在身上刺一隻正在慘叫的烏鴉。

直到身上幾乎沒有容鴉之處，這幾年才停止這殘忍又白痴的計算。

在很多年前，大家還沒忘記這個男人的恐怖時，他有個簡單易懂的外號。

——烏鴉男。

「剛剛聽你說，你是來殺瑯鐺大仔的。」

烏鴉男歪著頭，舔著刀上的鮮血：「眞可惜，眞可惜……光憑這一點，我就應該把路讓開，給你一個方便。不過……」

不過。

「不過像你這種自大狂，早點死一死，大家都開心。嘻嘻。」

西山大澡堂門口，一個高大的人影從白色霧氣中走出。

高大的人，頂著一顆血淋淋的光頭。

光頭高漢的胸前也張牙舞爪著一個刺青，一個與烏鴉男完全不協調的刺青。

——耀眼的太陽，那灼熱的閃燄像八爪章魚一樣延伸到四肢軀幹。

說起來好笑，這個刺青是一個月前才刺上去的。

沒有什麼特別的理由，更沒有特別想要表達的涵義，反正……反正這個強壯的身體也不過是「暫時借用」罷了。加上既然刺青師不收錢，任憑那個古怪少言的女人發揮創意也就是。

這個一個月前隨意刺下的太陽刺青，從西山澡堂緩步而出，卻教Mr. NeverDie幾乎給螫得睜不開眼，隨時都會重重跪下。

混帳……

幹你娘的混帳……

「我們這邊，一個絕對死不了，一個死到根本不在乎，你要怎麼做？」

光頭高漢的話中有話，一時無法令人明白，但可以確定的是，他也是頭怪物。

究竟是什麼樣的怪物，或許連被他殺掉的人也搞不清楚底牌。

「……制……制約……」

Mr. NeverDie頭暈目眩，終於支撐不了，跪了下來。

數百萬顆一直守護著他的隱形鏡頭，一顆一顆熄滅。

有如骨牌效應，幾次呼氣與吐氣間，所有鏡頭全都消失不見。

怎麼可能。

明明是在天橋上發下的狂野豪語，怎會突變爲一語成讖。

他發現自己，竟然在發抖。

「有這麼怕嗎？剛剛不是還挺猖狂的嗎？」光頭高漢緊繃的拳頭，滴著混濁的紅色溫泉水，笑笑：「嘻嘻，怕也是自然的，你的第六感很強嘛，知道自己到此爲止了。死了一次已經很倒楣了，更倒楣的是，你今天還會死第二次。」

「實驗一下！把他的頭砍下來！」烏鴉男尖聲高叫，朝Mr. NeverDie衝去：「我很想知道，有一天我的頭掉下來，還會不會自己長回去！」

狂噪！

如一千隻一萬隻烏鴉朝自己飛過來的狂噪。

Mr. NeverDie一刀刺進自己大腿，用劇烈的疼痛喚醒自己戰鬥的意志。

「偏偏在這種時候！教我怎麼服氣！」Mr. NeverDie的刀沒入腿骨，雙眼僨紅：「我絕對不死！」

這一痛，痛得覺悟。

數百萬顆鏡頭轟然矗起，刀從大腿拔出，骨血飛濺到烏鴉男的眼睛裡。

但這一個偶然中的偶然，也不過妨礙了烏鴉男短短幾刀的時間，這個極短的空檔就由大聲大笑的太陽男揉身補上。

古怪。

Mr. NeverDie的刀砍在太陽男的身上，卻不見太陽男有任何痛楚或遲鈍，反而趁機用力朝Mr. NeverDie的鼻子正中一拳。強襲，猶如砲彈，Mr. NeverDie往後倒下。

烏鴉男加入。

「撐住啊！你的人生——這樣就夠了嗎！」烏鴉男大叫，刀落。

Mr. NeverDie勉強閃過這一刀，卻被太陽男的飛腿追上。

一腳重重踢中Mr. NeverDie的背脊，踢得他、連帶一百萬顆鏡頭都往牆上猛力撞去，力道之大，撞得整個人差點裂成兩截。

「再來！」烏鴉男追砍。

「對！再來！」太陽男揮拳。

Mr. NeverDie快速從地上彈起，舉刀一陣超快速的亂砍，太陽男被砍中了至少七刀，卻沒有一點退卻，每被砍一刀都趁隙還了Mr. NeverDie一拳，那股萬夫無敵的氣勢令Mr. NeverDie大爲受挫，更被揍得頭昏眼花。

「怎麼是這種表情？不過是二打一啊！」烏鴉男狠狠嘲笑，一刀又落。

這快速絕倫的一刀，讓Mr. NeverDie鼻尖給削掉一塊。

太陽男欺身補上，一記猶如羚羊的膝擊將Mr. NeverDie的下巴整個撞碎。

「哇！」Mr. NeverDie吐出兩顆帶血的牙齒。

兩個怪物打一個怪物，一下子就變成兩個怪物追一個怪物。

Mr. NeverDie眞的只有拔腿就跑的份，反正制約達成，自己也沒理由冒險往前。

取而代之的，Mr. NeverDie的心中充滿了巨大的恐懼。

久違的恐懼感壓倒性吞噬了對上強敵的興奮，每一滴珍貴的腎上腺素都在燃燒，每一個細胞都在釋放微弱的能量，每一條神經都在傳輸本能的反應，幫助他逃出生天。

逃！

只有一個再單純不過的念頭，逃！

比起爲了生存而吃食，比起爲了樂趣殘殺，「逃」的意念單純了一百倍。

「我絕對不死！絕對不死！不死不死不死不死不死不死！」

Mr. NeverDie穿過被自己炸毀的走廊，踏著被自己砍得一塌糊塗的半死不活保鑣，卯足全力就是要逃，跟來的時候那股不可一世的氣燄完全不能相比。

身後緊迫盯人的是狂暴聒噪的烏鴉振翅，地上晃動的是太陽的萬丈光芒。

他跑著，偶爾被迫用回擊爭取繼續逃跑的時機。

哭著，嚎啕大哭。

眞的好想繼續活下去喔。

眞的好想好想繼續欺負弱小，繼續霸佔別人的房間，繼續他無與倫比的自由。

怎麼會輪到自己被嚇得屁滾尿流呢？

就算頭被他們割下來、又眞的可以再長出一個新的頭活回去，萬一……萬一新的頭沒了現在的記憶，現在的自己不就等於永遠死掉一樣嗎？就跟那個叫什麼的一樣死掉了嗎？不！不能接受！

不能接受啊！

這個多餘的意念，讓幾顆鏡頭緩緩熄滅。

視線歪斜，Mr. NeverDie摔在地上，打了七、八個滾。

烏鴉男剛剛砍中了Mr. NeverDie的小腿，創口之深，幾乎瞬間截了他的肢。

太陽男藉機跳到Mr. NeverDie身上，卻挨了他重重的、砍在肩胛骨上的一刀。

「不痛！」太陽男不僅奪下砍刀拋到一旁，還大笑，朝他一陣亂拳。

這種強坐在人身上，地痞流氓似狂拳亂打的姿勢，怎麼好像在哪見過……

一直打！一直打！一直打！一直打！一直打！一直打！一直打！一直打！一直打！

一直打！一直打！一直打！一直打！一直打！一直打！一直打！一直打！一直打！

一直打！一直打！一直打！一直打！一直打！一直打！一直打！一直打！一直打！

一直打！一直打！一直打！一直打！一直打！一直打！一直打！一直打！一直打！

一直打！一直打！一直打！一直打！一直打！一直打！一直打！一直打！一直打！

每一拳都很重，卻又刻意避開臉。

「對不起！對不起啦！嗚……」Mr. NeverDie竟被打到大哭。

賓果。

不打臉，太陽男就是想聽到Mr. NeverDie自尊崩潰，放聲求饒的聲音。

Mr. NeverDie哇哇哇吐了三大口血。

「換手。」烏鴉男走近，摩拳擦掌。

太陽男絞斷了Mr. NeverDie的左腳膝蓋，算是徹底絕望了他的一線生機。

於是太陽男拍拍屁股站起，輪到烏鴉男坐在爬不起來的Mr. NeverDie身上。

這換手的畫面，就好像是小兒科診所外放置的小飛象玩具坐騎，投五塊便能坐上一分鐘，幾個剛打完針、哭紅眼的小孩兒排著隊、嚷著要玩的景象。

只是小飛象換成了大叔叔，且不用投錢。

「要開始囉。」烏鴉男吹了吹拳頭：「你這個墜機死掉的，高級不死人。」

一直打！一直打！一直打！一直打！一直打！一直打！一直打！一直打！一直打！

一直打！一直打！一直打！一直打！一直打！一直打！一直打！一直打！一直打！

一直打！一直打！一直打！一直打！一直打！一直打！一直打！一直打！一直打！

一直打！一直打！一直打！一直打！一直打！一直打！一直打！一直打！一直打！

一直打！一直打！一直打！一直打！一直打！一直打！一直打！一直打！一直打！

依舊避開臉，徹底享受悅耳的慘叫聲，烏鴉男使全力狂砸。

肋骨肯定斷了好幾根。

肺自然也給斷掉的肋骨刺穿了。

毋庸置疑胃破開了一個大洞，跟糜爛的大腸小腸混在一起。

肝臟脾臟腎臟大概也都裂了好幾條縫。

……卻沒死。

目前爲止還算依照Mr. NeverDie堅持的人生劇本走，只是他不停狂吐血。

「眞的蠻耐打的。」烏鴉男嘖嘖稱奇，打得有點喘了。

「眞的眞的！」太陽男乾脆在一旁鼓掌起來。

Mr. NeverDie五臟六腑都報廢了，意識卻難得的清醒。

太痛了。痛到眞的想斷氣算了。

原來過去那些被自己活活打死的人，所受的痛苦是這麼慘烈……

Mr. NeverDie開始反省。

若能苟延殘喘活下來，繼續把這種痛苦加在別人身上，該是多麼幸福的事……

可是現在眞的太痛太痛了，痛到大小便都一起爆出來。

毫不廢話地死掉，恐怕真的是脫離目前極大痛苦的唯一方案了。

「暫停暫停，有件事問一下。」

不知何時，一個充滿台客腔的聲音出現在烏鴉男與太陽男的背後。

兩個怪物同時轉頭……剛剛竟沒有聽見一點腳步聲。

一個穿著黑色皮外套的男人，戴著造型普通的黑色墨鏡，嚼著早就沒了彈性的口香糖，斜斜靠著牆站著。那姿勢，好像全身都缺乏重心支撐似的，軟骨頭。

手裡，還拿著兩把黑色手槍。

「……」烏鴉男打量著這故作輕鬆的不速之客。

「……」太陽男瞇起眼，馬上聯想到一個英文字母。

G。

殺手裡，一個無人不曉的字母。

如果今夜非得要冷面佛腦袋搬家，唯一眞正的保證，恐怕就是這個字母。

「我剛剛殺了一個胖子，大概……大概這麼胖！」

黑槍客張開雙手，比了個肥豬一樣的大小，若無其事地繼續說：「對了，他沒頭髮，不曉得是禿頭還是剃光頭，總之是個大胖子，要笑不笑的，大概人緣很差，有見過吧？」

「你殺了我們老大？」烏鴉男冷笑：「趁我們在修理這個傢伙的時候？」

黑槍客用槍口抓了抓頭皮上的癢，不置可否。

四個人。

兩個站著，一個坐著，一個躺著。

古怪的氛圍，醞釀著什麼樣的可能性？

大家都說，G很不喜歡沒收費的決鬥。

大家也都說，G很強。

最強。最雞巴。

「既然你殺了冷面佛，我們也就不是冷面佛的保鑣了。」太陽男瞪著黑槍客藏在墨鏡後的眼睛，說：「你走你的吧，今天晚上，是你贏了。」

黑槍客沒有點頭，也沒有搖頭，只是說：「走是一定走的啊，難道在這裡等警察做筆錄？我是想問，這裡有沒有一個叫烏鴉男、另一個叫兵毒的人？」

烏鴉男慢慢站了起來。

不約而同，兩人的眼神充滿了殺氣。

「就是你們？」黑槍客問了等於白問。

Mr. NeverDie又哇哇吐了一口鮮血。

「你們的前老闆，臨死前有個很牽拖的願望……超不划算的，他要我把兩個辦事不力的混帳手下給做掉，不然他死不瞑目。」

黑槍客往左看了一眼：「你就是烏鴉男？」

又往右看了一眼：「你就是兵毒？那就都到齊啦。」

烏鴉男冷笑，不過是兩把手槍。

太陽男咧嘴，不過是幾顆不長眼的子彈。

這個距離，不過區區七公尺。

或許，在這兩頭無視子彈速度與軌跡的怪物面前，這個無聲息出現的黑槍客，已經錯失了唯一可以用冷槍偷偷殺掉他們的時機。

時機不再有。

「你太自大了，G。」烏鴉男悍然拔刀：「原本還想放你一馬。」

「嘻嘻，今晚我專宰自大狂啊。」太陽男吹著拳頭，獰笑。

黑槍客的鼻子用力抽動。

過敏性鼻炎，一向很困擾他啊……

「唉，明明說不是就好了。」

黑槍客無奈地嘆了一口氣，說：「真搞不懂你們這些人，整天打打殺殺……」

Mr. NeverDie的視線，越來越模糊。

終於，慢慢地閉了起來。

46

大雨夜，已是殺人夜。

「還有人活著！這裡還有人活著！」

「這個人也還沒死！快把擔架抬進來！快！」

「通知榮總跟台大醫院，快點開急診室病床支援！」

「就地先做CPR！數一二三，預備……」

「救護車不夠！再去調！再慢就來不及！」

「通知血庫準備所有血型的血漿，你，你！抬這邊！一、二……三！」

二十多個救護人員在一片狼藉的現場快速衝來衝去。

對比起來，前來調查收尾的警察就顯得意興闌珊，頻頻打呵欠。

「不會有錯，這裡發生的不是幫派火併，而是連環刺殺。」

刑警川哥看著坐在溫泉池旁的冷面佛，戴著手套的手戳了戳位於腹側的彈孔。

了不起的殺手。

子彈從這個角度鑽進去，肝臟一破，就算是全世界最好的急救團隊立刻接手也無濟於事了。

法醫還沒到場確認，但依照川哥多年的刑事經驗，這一槍應該是第一槍，其餘的彈孔來自不同類型的子彈，只是後人隨便補上。

一路走進來都是屍橫遍野，斷手斷腳，亂七八糟。

最突兀的莫過於地板上有個血淋淋的人形痕跡，逆向從這裡爬出去。

依照這血跡沾黏的程度，這個傷者肯定受了足以致死的重傷，爬行的痕跡又顯示傷者雙手報廢、一腳殘廢，只單單靠著一隻腳的力量……或許加上下巴，像蛞蝓一樣蠕體前進。

偏偏爬行的距離又異常的遠……花費極大痛苦才爬到下著大雨的外頭……

到底爲什麼，這個傷者不等救護人員過來，要死撐爬出去呢？

小刑警丞閔從外面的小廳堂走了進來，嘖嘖稱奇：「川哥，外面殺成這樣，你還說不是幫派火併？依我看，百分之百是瑯鐺大仔跟冷面佛約在這裡談判，談判破裂就開始對著幹，幹到最後大家統統都死了，還連累一堆倒楣的服務生，跟一堆只是來泡澡的客人！」

川哥虛應了事地點點頭。

慢慢走到瑯鐺大仔的屍體前，川哥蹲下檢視。

屍體表面上沒有彈孔，沒有明顯的傷痕，但雙眼凸起充滿大量血絲，嘴角流血，舌頭突出，看起來就像被活活勒死……頸子上卻沒有勒痕。

中毒？

等法醫吧。

「川哥，你覺不覺得，這件事跟前一陣子瑯鐺大仔那些爛咖手下連續被宰，說不定有關係？」丞閔自己說、也自己猛點頭，嘖嘖又道：「所以今晚這一場，就算是瑯鐺大仔查到了殺害自己小弟的眞兇就是冷面佛，於是帶了大批人馬在這裡開幹！哇……眞是黑道輓歌啊。」

「很強的推理喔。」川哥慢慢站起：「前途無量。」

話說，這兩天事情眞夠多的。

市值八千多億的鴻塑集團的王董事長，被一個跳樓自殺的中年男子壓死。

三名悍匪衝進大飯店營救出經濟犯葉素芬，並殺死十二個刑警後囂張離去。

同一天，葉素芬最後還是遭到殺手月追上，一槍擊斃。

最難以忍受的，是自己負責偵辦的重案主角貓胎人還沒落網，山雨欲來。

至於這裡……

這裡是黑道罩的場子，奄奄一息的人又都帶著槍帶著刀，沒一個好人。

黑道殺黑道，死的都是黑道，這種案件發生再多次一點也無所謂，他想。

「川哥，你肚子餓不餓？」丞閔摸著肚子，開始心不在焉。

「看了這麼多屍體，嗯嗯，看都看飽了。」川哥點了根菸。

「那我們等一下去吃什麼啊？」

「……隨便。」

這種盲腸報告要怎麼寫，就交給想像力特殊的丞閔去自由發揮吧！

47

諸多說法。

在富貴年華裡確切發生了什麼事，現場只有一個人從頭到尾目擊。

超級颱風泰利過後的大雨夜，留下的經典傳說，就只有一個人的獨家說法。

可惜是個瘋子。

「那個時候我已經半昏迷了，根本看不清楚子彈怎麼跑的。」

Mr. NeverDie兩腿開開蹲在我家馬桶上，喝著從我家冰箱裡拿出的麥香紅茶，嘿嘿嘿嘿笑說：「總之事情結束後，我連自己怎麼爬出去的都快想不起來。」

「如果你當時很清醒，眞的就能看見G的子彈？」

我泡在浴缸裡，只露出一張鄙視的臉。

「呸，那根本不是重點吧！」Mr. NeverDie言不由衷：「反正我活了下來，照樣不死！哈哈！哈哈！」

瘋子說的話，能信幾成？

Mr. NeverDie後來還是僥倖活了下來，身上依舊刺滿了炫耀的各式各樣的自由。

他已經不是個專業殺手，而是個純粹失控的變態流浪者。

雖然在我的眼中，那些爬滿身體的自由紋身不那麼值得炫耀，而那個霸佔我冰箱與馬桶的瘋子，也不是眞的那麼自由。

偶爾他會殺人。

問他爲什麼，每次他要努力想上很久才勉強編出理由。

偶爾他會來跟我說幾個故事。

不想被殺，我都裝作興趣濃厚的樣子。

「我的故事好聽嗎？」Mr. NeverDie科科科地笑，蹲在窗戶邊上。

「很棒。」我點點頭，眼睛因過度克制呵欠而滲出了水。

「足夠寫成小說了吧！」他可得意了。

「當然。」我敷衍地打開電腦，敲敲打打：「那當然。」

有時候他說故事說到一半，會突然卡住，發呆，連續半個小時、甚至一個小時不講話也沒反應，然後莫名其妙流淚……只要一意識到視線模糊，他就會猛打自己的頭，直到自己誇張地大笑出來爲止。

遲早會有殺手接下獵殺Mr. NeverDie的單子，他知道，並沾沾自喜地等著那一天。

「我要所有的人都知道！我要所有的人都看看……」

這是Mr. NeverDie最喜歡用的句型，每次聽到他這麼大笑，我都覺得他很寂寞。

而且寂寞得很自卑。

我假裝一點都沒發覺，只是幫他鼓掌叫好。

回到那夜。

江湖上琅琅上口的「死神泰利的大雨夜」。

諸多說法，可也不是全部胡吹亂蓋。

至少冷面佛的的確確是死了，在那個傾盆大雨的夜裡。

所有人都聽說了，冷面佛身上不只一個彈孔。

除了G篤定往肝臟開了致命的第一槍，其餘的坑坑疤疤怎麼來的，大概是其他後來趕到的殺手補槍留念的吧。誰知道呢？也不是那麼重要。

而那一晚跟冷面佛一起泡澡商量生意的瑯鐺大仔，也一併掛點了。

死因不是槍傷，所以是G之外的刺客下的手。

自然也不是被揍到差點變植物人的Mr. NeverDie所能爲。

到底是誰？

是陰錯陽差？

是賭神單子裡的附帶條件？

還是動手者另有所圖？

唯一可以確定的——

我將臉慢慢埋進暖暖的水裡。

「那又是另一個故事了。」

〔幕後訪談〕一個關於壞蛋的瘋狂故事

問：刀老大，還是先請你跟讀者打個招呼！

答：科科科，大家左乳，吾乃九把刀是也。

問：這次的作品似乎用了很多科科科？

答：科科科……

問：好吧，那麼這次的書名「無與倫比的自由」又是怎麼回事？

答：科科科……

問：好的好的，我們發現這一次的殺手跟以前最大的不一樣，是過去你沒有寫過殺手的養成階段，而是直接寫一個人成爲殺手之後所發生的故事。這次爲什麼會想從頭寫起呢？

答：主要我想寫一個普通人「突變」成無視這個世界運作規則的瘋子，的過程。轉捩點當然就是空難發生後，蒼葉發現自己「已經徹底死掉了」之後的性格大變，那一個命運翻轉的瞬間，我覺得非常有戲劇性，非常有魅力。所以這次的故事等於是從頭寫到腳——傳說開始，傳說落幕，鉅細靡遺。

問：蒼葉這個名字從哪來的？據說是一本漫畫？

答：我在實踐大學教劇本創作的課上，班代的綽號就叫蒼葉，如此而來。

問：怎麼會想到將角色的名字取作Mr. NeverDie這種洋名？

答：我很喜歡把精神有毛病的人用英文代稱，比如小說《異夢》裡的Mr．Game跟Mr．Crazy，《都恐》系列裡的Dr．Hydra，《殺手》系列裡的G，可以說是寫作上的習癖了。

問：鬼子這樣的職業輔助角色，是怎麼想出來的？

答：鬼子ghost這個職業，是我以前很愛玩的遊戲StarCraft星海爭霸裡，人類的頂級職業之一，可以隱形接近敵陣偷偷放核彈。寫小說的時候很直覺就用了這個名稱。我覺得殺手不見得都有一隻找到目標的狗鼻子，所以「鬼子」這職業應運而生，能幫助殺手的世界觀更加完整。

當然了，在這次的故事裡並沒有提到協助Mr．NeverDie做事的鬼子叫什麼名字（當然不會只叫鬼子這麼簡單），因爲Mr．NeverDie不屑問，所以也無法讓讀者從文中得知。

問：蠻多讀者喜歡鬼子的，請問她未來會跟Mr. NeverDie談戀愛嗎？

答：談戀愛不收錢，那鬼子不是太虧了嗎科科科。

問：所以會是另一個故事囉？

答：大概吧。

問：鬼子常常在小說裡說「吃吃吃」，請問這是出於你個人的癖好嗎？

答：吃吃吃。

問：ㄜ……好吧。這次的殺手故事跟以前都不一樣，不算熱血，沒有感動，也不算有愛情，原本大家還期待Mr. NeverDie改邪歸正成爲一個人見人愛的殺手英雄，但他似乎從性格大變後就一直走不正常路線到最後，請問爲什麼會這樣寫？

答：寫小說最簡單、也最基礎的一件事，就是「必須讓讀者認同主角」，如此才能讓讀者跟著主角一起上天下海、克服困難、最後完成自我實現。讀者已經很習慣這樣的閱讀方式，於是很多作者也就養成滿足讀者這種閱讀期待的寫作慣性。久了，等於交相賊。

這樣的寫法寫久了，不是不好，但眞的實在有點膩，於是我忍不住想寫一個得不到讀者認同的主角，而這個主角常常有一些「乍看下可以從壞變好」的機會，卻每次都讓讀者期待落空，終於成爲一個徹底的混蛋。

對我來說，算不算是一個挑戰我已經搞糊塗了，不過確定的是，我很想寫這個故事，寫一個壞人的故事，可以拋棄道德感的束縛，蠻過癮的。

問：過癮？那哪一段最過癮啊？

答：我覺得Mr. NeverDie把女人雙手砍掉卻不讓死掉的那一大段，眞的有夠變態。但作者我本人其實是一個非常善良、除了蚊子跟蟑螂外完全不加害小動物的好心達人，每天一定扶正妹過馬路好幾次，有口皆碑啦！

問：一個沒有眞正好人的小說，讀起來有點失去重點？

答：唉，壞人也有屬於壞人的故事。瘋子也一樣，有屬於瘋子的傳奇。

老是寫好人好事的故事，常常讓我有要去領十大傑出青年的錯覺。

我以前寫過一個小說《樓下的房客》，裡面盡是一堆社會邊緣者，同樣沒一個好人，但我玩得非常過癮。這一次的殺手故事，有類似的處理狀況，也有不一樣的地方——《殺手》系列的每一篇故事都相互聯繫，可以從許多微弱的蛛絲馬跡、乃至超明顯的提示，去看出不同殺手故事之間的時間點重疊，所以不論Mr. NeverDie再怎麼瘋，他都困在殺手的世界裡。

問：感覺你在強辯。

答：科科科。

問：……其實很多讀者都很討厭Mr. NeverDie，覺得他完全沒救。

答：我也是。

問：尤其他活活打死自己的女友，那一段我簡直看不下去。

答：我也是。

問：就算他是一個討人厭的大混蛋，你還是不介意讓他當主角？

答：社會上有那麼多流氓混蛋假道學，大家還不都選他們當立委？科科科。

問：好一個科科科。那麼，透過一個不討人喜歡的主角，這次的「無與倫比的自由」想表達什麼意涵？

答：沒什麼意涵，故事好看就好了。

問：這麼草率的解釋，出版社很難推薦給學校老師啊！

答：好的，硬要解釋我也很強啊！

其實這個故事標題很有諷刺性，因爲我覺得Mr. NeverDie所擁有的自由是透過掠奪別人的自由才得到的，與其說是無與倫比的自由，不如說是窮凶極惡的自由，是一種很霸道的王八蛋自由。

再來就是，我覺得一個人要完全自由是極不可能的，在現在的社會裡，每個人都擁有很多的身分、跟角色，看看你們皮包裡琳瑯滿目的證件就知道我在說什麼了。而這些社會身分跟人際關係角色，都是一種牽制，都代表了一種規範，你是一個老師，你就得遵守很多老師不能做的事（比如上課不能看小說），你是一個父親，你就必須負起身爲一個父親必須承擔的責任（教兒子包皮要掀開來洗），所以不可能完全自由的，如果有人說他非常自由，其實也不過是在囚牢裡自由走動的自由——只要在籠子裡，悉聽尊便。

問：這麼說起來，Mr. NeveDie就是活在籠子外的人？

答：幾乎可以這麼說。Mr. NeverDie沒有身分，也不打算跟誰建立特殊的人際關係，所以完全不受到這方面的牽制（除了他自願遵守身爲一個殺手的三大法則外，但這可以解釋成這完全是出於他變態的自我滿足），他想幹什麼就幹什麼，想睡哪裡就睡哪裡，想開別人的冰箱就開別人的冰箱，他擁有的暴力素質足夠支持他行使這樣的「自由」。

問：聽起來，Mr. NeverDie好像應該很快樂，但他其實又好像不是那麼快樂？

答：你簡直在繞口令，不過，對，我想他並沒有如他自己期待的快樂。

我覺得每個人都被很多身分跟人際關係給規範了，但我不認爲，這些囚牢會徹底妨礙我們尋求快樂。很多時候，我們很樂意承擔某些責任，因爲我們的快樂也從承擔這些責任而來，比如照顧正妹的責任，這點我是相當義不容辭的。

問：說到正妹，請問幫Mr. NeverDie刺青的那一個女刺青師，一開始登場時似乎很重要，後來又悄悄不見了，她的作用是什麼？

答：女刺青師是《殺手》系列裡很重要的一個角色，這次只是讓她暖個場。雖說是暖場，不過女刺青師是非常必要的伏筆要件，尤其最後與Mr. NeverDie對決的那兩頭怪物，身上的刺青其實都出自於女刺青師之手，如果女刺青師無意聽見Mr. NeverDie的制約，肯定第一時間就能預見Mr. NeverDie未來的下場。

問：說到這，那兩頭怪物的登場眞是大驚喜，請問他們身上的烏鴉刺青跟太陽刺青，包括西山澡堂的橋段，都是一開始你就想好了嗎？

答：（露出鄙視的眼神）沒有巧合啊！

問：可是這兩個角色你並沒有太多著墨。

答：未來還會出現其中一個。哪一個？仔細再看一遍的話就能猜出。

問：不是都被G順手殺死了嗎？

答：賣關子也是作家的重要天職啊。

問：所以殺手G，果然是殺手系列裡的最強者？

答：故事會說明一切。未來G還是會出現，不過還是一樣台，一樣雞巴。

問：最後在「富貴年華」三溫暖裡的一打二，雖然明顯是殺手G勝利了，但你並沒有將最精采的對決完整寫出來，熱血一下，爲什麼？

答：因爲我覺得那種寫法很普通，路邊隨便抓一個國中生都會寫強者對強者。很多讀者或許會以爲我偷懶不寫，導致最後留白過大，可是我眞的非常喜歡那種「把實寫虛」的寫法。

處理這次的結尾時，我寧願花一堆盲腸時間在寫川哥與丞閔傻乎乎地辦案，寧願用「諸多說法」取代「對決現場的直擊」，前者更有趣、更有懸疑的聰明氣氛。

最後故事的場景來到作家九把刀……也就是我的家裡，用有點寂寞的對話當作故事的結尾，也是我很喜歡的寫法。很後設。

我這種喜好也不是一天兩天了，其實可以從我過去的小說看到一些端倪，比如《少林寺第八銅人》最後，我也不想寫足主角聯手對抗大魔頭的橋段。比如《月老》與《紅線》，最後也是書中角色與作者來一場意猶未盡的對話。

問：萬一讀者還是覺得，你沒寫清楚，這一點是敗筆呢？

答：當然了，人生沒有全拿的。

既然我選擇了我偏愛的寫作方式做結尾，就必須承受「九把刀，你爛尾！」的批判可能，並虛心接受，畢竟我從九歲開始就受過嚴格的謙虛訓練，全身上下沒有一個地方不是謙虛的。

好吧，其實我也不想接受，媽的，我故意這樣結尾，你打我啊！你打我啊！

問：這種要求……（一拳！）

答：哎呀～～衝三小……叮噹啦！

問：呵呵，這次故事裡又出現了賭神，回看「殺手，每件事都有它的代價」裡最後的賭術大決鬥，似乎另有……

答：我很希望看到網路上，有人提出這部分的討論，就好像有很多讀者都在討論在「殺手，陽台上燦爛的花」裡，最後殺手鷹到底有沒有死一樣，我覺得是相當精采的討論。

問：話說，這一次川哥跟他的手下丞閔又出現了，不過他們好像沒有要破案的意思，他們已經從貓胎人、鐵塊等故事就很廢很廢，都只是出來走一走晃一晃，你把警察寫得這麼廢，難道不會有問題嗎？

答：不會啊，從不破案的警察也是一種趣點，我很喜歡這串場二人組，我視之爲特色。未來這兩個人在即將大爆發的「無法十日」事件中扮演的角色，非常非常關鍵。

問：無法十日？

答：剛剛取的，見笑了。簡單說就是冷面佛跟瑯鐺大仔緊接在金牌老大後都翹毛了，黑社會的版圖會有驚人的大地震，無法十日就是在說那樣的故事，也是個大事件。

問：說到驚天霹靂的大事件，殺手系列中一直一直出現「刮大風下大雨的那一天」，串起了很多個殺手的故事，可以爲我們整理一下嗎？

答：死神泰利的大雨夜，嗯嗯。

那一天白天，殺手月將葉素芬幹掉，豺狼與月對決取勝（殺手的對決，並非兩個人面對面敲鐘喊打，勝負關係自有殺手行事風格上的差異）。歐陽盆栽與九十九聯手將叛徒小劉幹掉。王董被跳樓的貓胎人砸死。

晚上，歐陽盆栽登上了豪華郵輪，與賭神一決勝負。

是夜，冷面佛與瑯鐺大仔雙雙殞命。

問：眞是多災多難的兩天啊！

答：我很喜歡這種多重構成的宿命感。

問：感覺上還有伏筆？

答：沒錯，其實那天晚上諸多巧合碰撞在一起，我還沒解釋殺死瑯鐺大仔的眞正殺手是誰，又是爲了什麼。總之，那是一個非常熱血澎湃的故事。

問：所以下一次的殺手故事，又回到比較正向的主角囉？

答：是的，下次的主角擁有我最喜歡的素質——勇往直前的戰鬥性熱血。簡單說就是跟我本人一模一樣啦！

問：能爲大家預告一下，下一個殺手故事是什麼嗎？

答：殺手，勢如破竹的勇氣。

問：對了，說到預告，你常常預告一些沒有結果的預告。

答：（翻桌）這是污衊！

問：那麼請問原本說好要在二〇〇七年出版的《罪神》，爲什麼遲遲……

答：對了，說到罪神，我正好想說說罪神。

其實這一次的故事跟罪神關聯很大。罪神的故事背景發生在土城肅德監獄，Mr. NeverDie

扔了一堆手榴彈在肅德裡衝進衝出，創下了「不死的星期五」傳說，對罪神故事的影響頗大，未來大家看見罪神時就會豁然開朗了。

問：你好像很習慣吹牛。

答：沒禮貌！我是擅長運籌帷幄，一口氣構思太多的故事，並且都讓每個故事互相影響、發生角色流動，這種跨越許多故事的平行架構能力，除非是萬中選一的奇才否則絕對辦不到啊！對了，我不是在說我是萬中選一的奇才，我是個謙虛的人，絕對不可能這麼自以爲，絕對不是！

問：果然是相當擅長吹牛的作者，那麼，《罪神》到底什麼時候會推出呢？

答：當一切都準備好了的時候。

問：……

答：……

問：科科科？

答：科科科，好的，科科科。那麼，我們下一個故事見！

kill⁵ er

殺手
無與倫比的**自由**

國家圖書館出版品預行編目資料

殺手：無與倫比的自由/九把刀著. -- 二版. -- 臺北市：春天出版國際文化有限公司, 2023.08

面； 公分. -- (九把刀電影院；11)

ISBN 978-957-741-726-8(平裝)

863.57　　112011869

九把刀電影院 11

殺手，無與倫比的自由

作　　者 ◎ 九把刀
總 編 輯 ◎ 莊宜勳
主　　編 ◎ 鍾靈
封面設計 ◎ 克里斯
出 版 者 ◎ 春天出版國際文化有限公司
地　　址 ◎ 台北市大安區忠孝東路4段303號4樓之1
電　　話 ◎ 02-7733-4070
傳　　真 ◎ 02-7733-4069
E－mail ◎ frank.spring@msa.hinet.net
網　　址 ◎ http://www.bookspring.com.tw
部 落 格 ◎ http://blog.pixnet.net/bookspring
郵政帳號 ◎ 19705538
戶　　名 ◎ 春天出版國際文化有限公司
出版日期 ◎ 二〇二三年八月二版

定　　價 ◎ 399元
總 經 銷 ◎ 楨德圖書事業有限公司
地　　址 ◎ 新北市新店區中興路二段196號8樓
電　　話 ◎ 02-8919-3186
傳　　真 ◎ 02-8914-5524
香港總代理 ◎ 一代匯集
地　　址 ◎ 九龍旺角塘尾道64號 龍駒企業大廈10 B&D室
電　　話 ◎ 852-2783-8102
傳　　真 ◎ 852-2396-0050

ISBN 978-957-741-726-8

Printed in Taiwan